狗勇士
Mickey

SURVIVORS

狗勇士

麥基
Mickey

柽鍊犬

特殊技能：放牧、狩獵

性格：忠實、警覺性高

特徵：領悟力極高的母邊境牧羊犬
動作敏捷

領導力：★★★½

狩獵力：★★★½

防禦力：★★★

攻擊力：★★★★

晨星出版

SURVIVORS 首部曲之 III

狗勇士

黑暗降臨

DARKNESS FALLS

艾琳・杭特◎著 盧相如◎譯

晨星出版

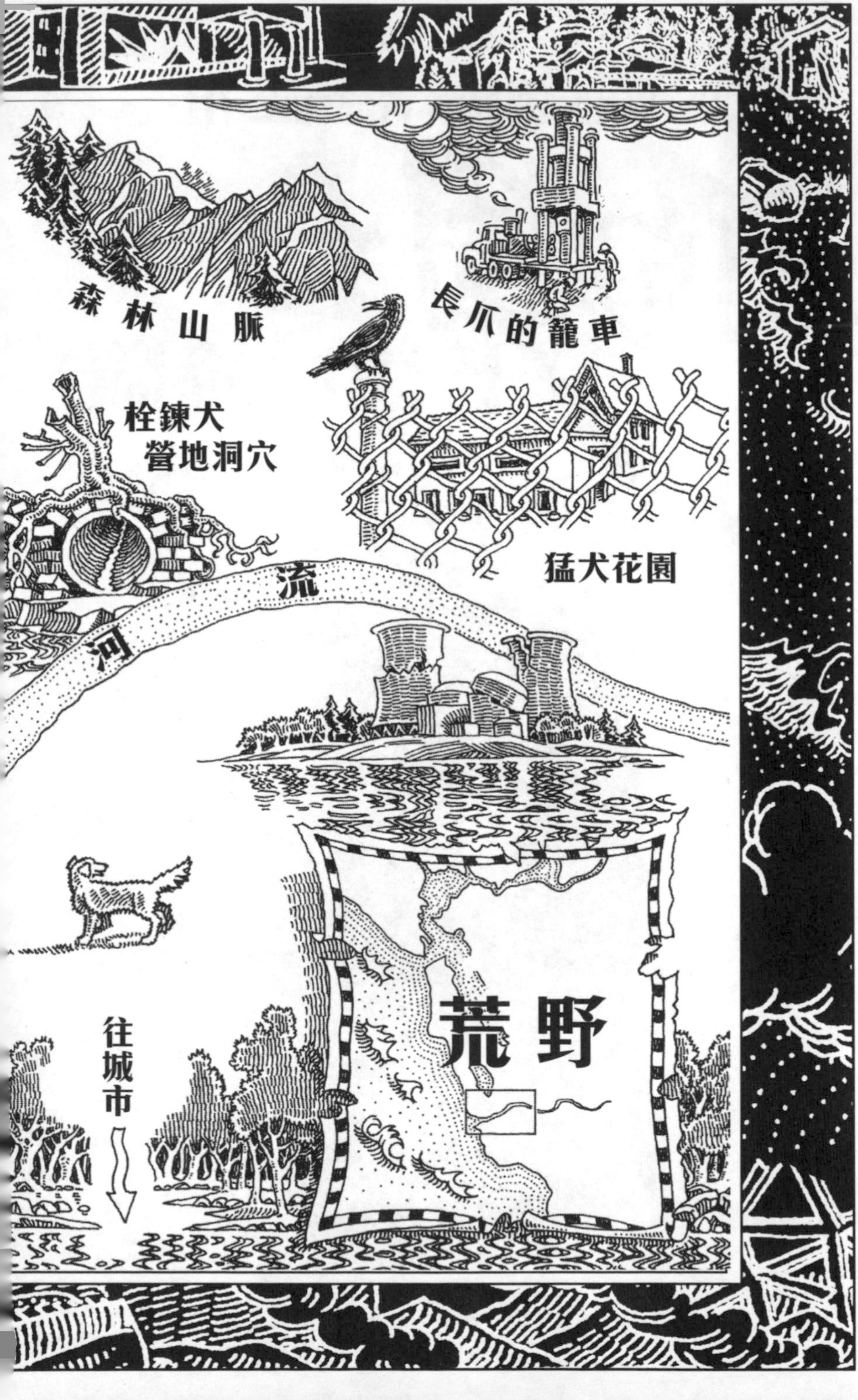
森林山脈
長爪的籠車
栓鍊犬
營地洞穴
猛犬花園
河流
荒野
往城市

湖
荒野狗幫
地盤
大裂縫
長爪營地
生病
森林

狗勇士 征戰世界名詞解釋

- **繞圈儀式**（ritual circle），狗睡前圈地抓整臥鋪的儀式。
- **風暴之犬**（Storm of Dogs），暴風雨，自然萬物的征戰，狗世界爭相掠奪地盤的一場大戰。也是狗世界中的神話傳說。
- **天犬**（Sky-dogs），意指天空。狗世界的上帝。
- **地犬**（Earth-dogs），意指大地。狗世界認為萬物死亡終歸地犬所有。
- **快腿犬**（Swift-Dog），四肢細長的狗，其奔跑速度快。多指靈猩（格雷伊獵犬）。
- **長爪**（longpaw），意指人類。
- **陷阱屋**（Trap House），意指動物收容所。
- **大咆哮**（The Big Growl），意指摧毀城市的大地震。
- **太陽犬**（Sun-dogs），即太陽。
- **籠車**（loudcage），意指汽車。
- **狗幫**（dog pack），有首領艾爾帕、副首領貝塔等組織的狗群。有其律法、幫規必須遵守。
- **獨行犬**（Lone dog），不隸屬狗幫，獨來獨往，自食其力的狗。
- **透明石**（clear-stone），意指玻璃。
- **栓鍊犬**（Leashed Dog），與人類同住，享有人類照料吃住的狗。

狗勇士 征戰世界名詞解釋

猛犬（Fierce Dogs），皮毛黝黑、體型纖瘦，有堅挺的雙耳與口鼻。多指杜賓犬。

利爪（sharpclaw），意指貓咪。

美食屋（Food House），意指人類的餐廳。

臭味桶（smell-box），意指人類的垃圾桶。

腐食桶（spoil-boxes），意指人類的廚餘桶。

水泥牢籠（stone cage），人類居住的公寓。

長爪毛皮（longpaw's fur），人類的衣服，外衣。

無日（no-sun），意指夜晚。

艾爾帕（Alpha），狗幫中的首領，發號施令，負起帶領狗幫責任的老大。

農場犬（Farm-Work Dog），意指牧羊犬，多指邊境牧羊犬。

戰鬥犬（Fight Dog），訓練有素可攻擊、戰鬥的狗，多指德國牧羊犬。

月犬（Moon-Dog），意指月亮。

歐米茄（Omega），狗幫中地位最低的層級。不得狩獵或守衛，需要聽命於狗幫中的所有狗，沒有獲得艾爾帕允許，甚至不得擅自離開狗幫地盤。

森林之犬（Forest-Dog），意指森林。

狗幫成員

狩獵犬

費瑞：強壯有力，擁有黑色毛髮，質地粗糙的大型犬。

幸運：原是一隻獨行犬。金白色毛髮相間，毛髮濃厚。

史奈普：棕白色毛髮相間小型母犬。

春天：褐色母獵犬，黑色斑點相間。

巡邏犬

月亮：黑白相間的母犬，有三隻幼犬。

達特：棕白色毛髮相間，身形瘦小的母追蹤犬。

崔奇：棕色毛髮，黑色斑點相間的追蹤犬，有一隻瘸了的腿。

懷恩：狡猾、投機，扁臉的小黑犬。

獨行犬 *Lone Dogs*

老獵人：幸運在城市裡的朋友。身形壯碩結實的公狗，鬥牛獒。

狗幫成員

栓鍊犬 *Leached Dogs*

貝拉：幼名叫嘰喳。金白色毛髮相間，是幸運的妹妹，善於鼓勵同伴們，有著絕佳的領導能力。喜樂蒂獵犬（喜樂蒂牧羊犬與黃金獵犬的混種）。

黛西：西高地白㹴和傑克羅素㹴混種。

麥基：黑白毛髮相間，農場犬。邊境牧羊犬。

瑪莎：勇敢並善於游泳，個性溫柔且善良。黑色大狗，紐芬蘭犬。

布魯諾：強悍、勇敢，有著絕佳的戰鬥能力，睡著時會打呼。毛髮濃密，戰鬥犬，德國牧羊犬。

陽光：容易懼怕、念舊，有絕佳的視力並且嗅覺敏銳。白色長毛小狗，馬爾濟斯。

荒野狗幫 *Wild Pack*（按階級排列）

首領艾爾帕　體態優雅靈活的灰色狼犬。灰白色毛髮相間，有著一雙黃色瞳孔。善於震懾嚎叫。

副首領貝塔

甜心：動作敏捷，灰色短毛髮。和幸運一起逃離陷阱屋的快腿犬。格雷伊獵犬。

前言

空中傳來刺耳的爆破聲響，遠方雷聲隆隆。傾盆而下的雨水，沿著透明石的光滑面湍急而下。亞普把臉埋進狗媽媽的懷裡，輕聲啜泣。他的妹妹嘰喳緊貼著他，渾身顫抖。

「孩子，沒什麼好怕的。」狗媽媽舔舔他們的耳朵，安撫他們。亞普抬起口鼻，母親的聲音令他安心。霎時，一道閃光令他什麼也看不見，然後世界隨即再次漆黑一片。亞普頓時頸背發毛，手足們嗚咽低吠，蜷縮在一塊兒尋求安慰。

狗媽媽伸出大腳掌將他們往她身上靠攏，緊緊抱住她的孩子，用舌頭舔舔他們，安撫道：「我知道這聲音很恐怖，不過這只是暴風雨。天犬與閃電在打架，不過是在鬧著玩的。」

閃電再度劃過天空，接著雷聲隆隆作響，頭頂一陣狂風呼嘯而過，聽起來不像是在打鬧。

「他們不會傷到彼此嗎？」亞普想起母親曾要他們嬉鬧時動作輕點。

「不會，他們不會傷了彼此，不過是在玩耍。」狗媽媽依次蹭蹭小狗們。「天犬們是一窩幼犬，就像你們一樣，而閃電則是他們的朋友。朋友與兄弟姐妹們會彼此相依偎著，不畏艱難與苦難。」

「但是他們似乎很憤怒。」約爾低聲說。

「你確定他們只是在嬉鬧？」史尼普跟著問。

「是的，我很確定。」狗媽媽口氣堅定。「現在，我的孩子們，該睡覺囉。不久，天犬們也將進入夢鄉。」

母親的聲音似乎意有所指，令亞普不禁凝視著她那雙深棕色的眼瞳，小狗們則聚攏一起，緊貼著母親的胸膛，聽著她平緩的心跳聲。

狗媽媽迴避亞普的目光，轉身望像透明石外，凝視著消失於漆黑、濘溼天空中的月犬。難道母親臉上的不安，只是出於他的想像？

聽見手足們的打呼聲，亞普的頭也開始變得沉重。他想要問母親更多關於天犬們的事，但是他實在睏極了，於是垂下了頭，眼皮跟著闔上。

亞普醒來之後，雨勢趨緩，但仍然持續不斷。太陽依舊沒有露臉，手足們蜷縮一塊兒睡得香甜，身體緊貼著他，既柔軟又溫暖。亞普突然一陣驚慌，因爲他沒看見母親的蹤影。他抬頭嗅聞空氣有沒有母親的氣味，然後發現母親就在附近，母親的身影落在陰影處。

母親凝視著雨水啪搭啪搭的打在透明石上，她抬起頭望著天空，彷彿在守衛著幼犬。亞普走近母親，母親輕搖著尾巴，轉身迎向他。這次，亞普十分確定他見到了母親臉上的愁容。

亞普奔向母親，但靠近她時停下了腳步，「媽，天犬與閃電並非在打鬧，對吧？究竟是怎麼回事，是壞消息吧。」

母親低下了頭。「你想太多了，亞普。小狗不該如此多愁善感。」霎時，母子倆同時抬起頭望向透明石外，不過夜空漆黑一片。「我以前見識過暴風，與這次的暴雨並沒有什麼不同，然而，空氣的氛圍似乎讓狗覺得……緊繃。天犬的嗥叫聲低沉許多，或許他們當眞在嬉鬧，或許……」

亞普滿心期待望著母親繼續往下說。

「或許他們眞的在大發雷霆。」

亞普忍不住顫抖。「什麼事讓他們發這麼大的脾氣？」他思索了一會兒。「他們生誰的氣？」

狗媽媽嘆口氣。「我不知道，亞普。可能是狗兒做錯事惹惱了他們，他們想要藉此嚇唬我們，提醒誰才是老大。」

亞普睜大了眼。「狗兒做錯了什麼讓天犬生這麼大的氣？閃電是狗群的朋友，絕對不會跟我們反目成仇，是吧？」

「你說的對。閃電跟天犬在天上保護我們。也許是其他原因。沒什麼東西比神靈之犬的直覺更加敏銳。他們感受得到威脅的逼近，發出嗥叫聲，警告我們危險的存在。」

「危險？但是你說過沒什麼要擔心的！」亞普憂心地垂下尾巴。「你為什麼要我們不必害怕？」

「我只是猜測。如果只是風吹雨打，那就沒必要讓你們憂心忡忡啊。」狗媽媽俯身向前，舔舐他的臉龐。

亞普抽身，望著母親的眼睛。「如果有必要擔心，事先知道不是比較好嗎？否則我們要如何保護自己？」

狗媽媽態度堅定。「恐懼對狗兒來說沒有好處，不管發生什麼事，天犬都會保護我們。」

透明石外漆黑一片的天空再度發出隆隆聲響，颳起狂風，大雨滂沱而下。亞普嗚咽出聲，把頭埋進母親的前腿之間。他向來欽佩閃電，他勇敢、忠誠，將天犬視爲他的夥伴。如今，亞普卻感到疑惑。不知神靈之犬當眞發怒了，或者甚者連他自己也感到害怕？

「別擔心，亞普。我確定天犬們只是在打鬧，不會造成任何傷害。」母親安撫的話此時發揮不了作用，但是亞普不想再反駁母親。他寧可相信現在很安全，天犬們不久將會安詳進入夢鄉。「他們嬉鬧時眞吵。」狗媽媽用鼻子蹭蹭他的臉。「當然囉，他們都是偉大的天犬，你不可能指望他們安靜地玩耍，是吧？」母親將他輕推向手足們，仔細進行睡前的繞圈儀式，然後在他們身邊躺下。亞普最後望向透明石，外頭又再次滂沱大雨，他躺在嘰喳身旁，她的鼻子輕輕發出呼嚕聲，卻未驚醒。

狂風呼嘯，敲打著透明石。亞普頸背高聳，闔上雙眼。想起狗媽媽擔憂的另一件事——天犬的嗥叫聲是在警告——不免渾身發顫。

究竟是什麼事，令偉大的天犬們也會感到驚恐？

第一章

幸運愣住不動，四肢忍不住發顫。狗兒們一陣緘默。艾爾帕寬闊似狼的臉孔，總是難以捉摸。他在大石頭上站起身，高高俯視著兩群狗幫。站在他身旁的是甜心，漂亮的快腿犬，直直地盯著幸運瞧。但幸運絲毫不敢正眼看她。

扁鼻子小狗懷恩吐著舌頭，張嘴說道：「你瞧，我說的沒錯吧！城市佬的確是拴鍊犬的奸細，他跟那隻長得像他的狗見面！」懷恩轉身望向貝拉，她怒視著懷恩，直到他畏縮。「我看見他倆……」小狗的話音逐漸消弱。

幸運試著保持尾巴高聳，他不能就此屈服。那樣會顯露他的軟弱，在這群凶猛的荒野狗幫眼中，他的地位也將毀於一旦。

大夥都在等著他的解釋，想聽聽他要怎麼說？正如懷恩所言，他的確在監視著他們。但他從未想過貝拉會利用他提供的訊息，攻擊荒野狗幫成員。

幸運環顧所有狗的臉龐。

我現在該怎麼做？如果我展現自己效忠拴鍊犬，荒野狗幫成員肯定會要了我的命。但我怎能背叛拴鍊犬呢？貝拉畢竟是我的親妹妹……

他與拴鍊犬經歷過這麼多大風大浪，而荒野狗幫也接受他成爲其中一員，一同經歷過大咆哮，看見神靈之犬在他眼前出現。他能夠感覺到彼此連結在一起的龐大力量，儘管他妨礙艾爾帕執行嚴苛的階級制度。

還有甜心……他偷偷朝她的方向望過去，他倆四目交接。他看到了痛苦、困惑，也看到了希望。

她抬起頭。「幸運爲了保護幼犬的安危，勇於跟狐狸群奮戰。不管他從前做過什麼……他不是拴鍊犬，他現在是荒野狗幫的一員。」她柔軟光滑的耳朵抽動了一下，目光望向一旁。儘管說出這番言論，卻語帶著不確定。

她像是在說服自己相信，幸運心想。**她想要說服自己，我是她心目中

認定的那個幸運……

幸運滿懷感激地發出吠叫，儘管他不確定自己究竟站在哪一邊。

他望著自己的妹妹，貝拉對他怒目相視，稍微板起臉。

她明白這番話說的沒錯，一部分的我，已經對荒野狗幫忠誠。

有那麼一刻，幸運內心充滿愧疚。接著，他提醒自己，要不是貝拉，他也不會選擇加入荒野狗幫！而且都是因爲她引狼入室，她肯定是發了瘋，才會相信那群狡猾的狐狸。當貝拉一帶領那群狐狸來到荒野狗幫的巢穴，他們立刻背棄與貝拉之間的協議，攻擊月亮，並威脅要吃掉她的孩子。見到狐狸的惡行，拴鍊犬與荒野狗幫成員立刻加入保護幼犬的行列，爲此奮戰，黛西與蒙奇率先發難，接著其他成員也加入。雙方爲了對抗邪惡的狐狸而一同奮戰，宛如一個聲勢浩大的狗幫。

幸運留意到月亮與費瑞站在離大夥後方有一段距離的地方，倖存的幼犬妞妞與北鼻依偎在父母身邊。幸運內心深感遺憾，想起騷動的場面與恐懼，狂亂的吠叫，還有不幸喪生的無助小狗法茲和可憐的蒙奇。

艾爾帕低啞著嗓音說：「幸運或許曾是荒野狗幫的一員，但是這並不能替他的背叛找藉口。你有什麼話要替自己辯解，城市佬？」

幸運舔舐腿上遭狐狸咬傷的部位好一會兒。他向來急中生智，但是這一次他找不出理由替自己辯解。

身為獨行犬單純多了，不必跟誰解釋。還是我徹頭徹尾都注定無法成為獨行犬？

幸運吞了吞口水，他的喉嚨乾渴。「的確，我遊走在兩隻狗幫之間。」他開口說。

身材細瘦的棕白獵犬達特發出嗥叫，長耳兄妹檔崔奇與春天迅速跟著附和。他們曾是他要好的伙伴，如今都對他怒目相視，頸背高聳。

幸運努力要自己別轉身跑向森林。如果他當眞這麼做，就再也別打算回來。他必須勇敢撐下去。

「我有幸認識你們。」他堅強地說，「我不斷在想這個問題……我之所以加入荒野狗幫是否早有安排？地犬咆哮，河水之犬帶來乾淨的水源，森林之犬保護我一路抵達荒野狗幫的營地。我總在需要幫忙的時候遇見朋友……陷阱屋的甜心，我的妹妹貝拉……甚至天犬與月犬似乎一路帶領我走到這步田地。」

達特依舊發出咆哮，但是其他狗兒默不作聲。幸運知道大夥正屏氣凝神聆聽他接下來怎麼說。

「看看狗幫們是如何一起對抗狐狸的，」他繼續往下說，「大夥各司其職，不是只有像費瑞和瑪莎這樣的大狗在戰鬥而已，還有像史奈普以及黛西這般嬌小的鬥士。不管是來自哪一個狗幫，荒野狗幫或是拴鍊犬……」幸運停頓下來，眼神凝視著聚攏一塊的狗兒們。「你們不認識彼此，卻為了同一個理由毫無懼色地奮戰。或許神靈之犬引領我到這裡來，是為了團結兩隻狗幫？」

艾爾帕臉部扭曲，發出恐怖的吠叫，但荒野狗幫的棕白狩獵犬史奈普卻若有所思。幾步之遙，月亮與費瑞依舊守候在倖存的幼犬身旁，他倆彼此交換眼神，月亮步上前去。

「若不是拴鍊犬的幫忙，我們恐怕要失去三隻幼犬，而非只有可憐的小法茲。」

艾爾帕望著幸運好一會兒，狼犬的黃色眼瞳惡狠狠地看著他。「這並不能改變他欺騙我們的事實。」他大聲咆哮。「幸運將危險與死亡帶進我們的營地。」他目露兇光望著拴鍊犬。「荒野狗幫迎戰狐狸時，好幾次還得拯救這群弱者，我們不能保護跟幼犬一樣軟弱無力的拴鍊犬成員。」

黛西聽見這番侮辱寒毛直豎，麥基氣得用前爪抓扒草地，而長爪主人的手套就在一旁。

這時候只見貝拉步上前去。

幸運心跳得好快。如果妹妹膽敢挑戰艾爾帕，恐怕只會讓情況更糟。他說不定會除掉幸運，將拴鍊犬驅離，給她一個教訓。但是貝拉卻低著頭，頭也不抬，畢恭畢敬地對艾爾帕說話。

「是我把狐狸帶到你的營地，我很抱歉。這麼做真的很笨，愚蠢至極。」她的尾巴垂在身後。「狐狸欺騙了我，讓我相信他們會遵守承諾。我絕對不會再犯相同的錯誤。我們其實只是想要分享你們在這裡擁有的資源，並非有意傷害荒野狗幫。」

艾爾帕聽見這番言論大聲咆哮，耳朵直豎，齜牙咧嘴，露出嘴裡的尖牙。

幸運一臉驚訝地望著貝拉跪伏在地，臣服對方的領袖。貝拉發出哀嗚，四腳朝天，露出腹部。「我僅代表狗幫，向艾爾帕您鄭重承諾。如果你願意讓我們留下來，拴鍊犬將效忠於您。並將遵從您的命令，與您並肩作戰，讓您的狗幫勢力更加強盛。我們的狩獵技巧遠比外表看上去更優秀，願意共同完成狗幫的任務。只求一起分享食物與飲水，並懇請饒恕幸運的罪過，他無意造成你們的傷害，對於我們的計畫，他一無所知，我敢發誓。狐狸攻擊時，他奮力挺身而出，幼犬的母親不也這麼說嗎？」貝拉迅速瞥了月亮一眼，低頭示意。

月亮發出低吠附和。費瑞守護著倖存的兩隻幼犬，他們依靠在他的前腿，他舔舔幼犬的頭。

幸運心跳得好快，內心不再氣憤。他明白貝拉在兩隻狗幫面前臣服於艾爾帕的代價爲何。他十分清楚貝拉有多不願意順從魯莽的狼犬。她之所以這麼做無非是爲了狗幫——還有拯救幸運一命。

她並未遺棄我。

他想起當年那隻仍叫做嘰喳的妹妹，她聰明、霸道、對一切充滿好奇、忠於自己——她向來如此。

艾爾帕甩動身上的灰色粗毛，粗糙的爪子抓搔著其中一隻大大的尖耳。他還顧他的狗幫，揣測他的成員們對於貝拉這番臣服的言論有何感想。達特的頸背依舊高聳，崔奇與春天則顯得放鬆不少，史奈普笑著吐出舌頭。懷恩轉身離開，月亮與費瑞直挺挺站著，望著他們的領袖。

幸運屏住呼吸，等候艾爾帕的判決。

「我願意讓你們加入。」狼犬最後開口說，「但你們只能從低等位階做起，接受巡邏犬的訓練，並從事最瑣碎的打雜工作。如果你們自認爲有能力加入威風的狩獵犬行列，就得努力，參與崇高的戰鬥，替自己爭取機會。這些是我的要求。」

瑪莎、布魯諾與黛西下意識望向幸運，他們已經習慣聽從幸運的意見。幸運舔舔下顎，他們何來選擇的餘地？若沒有經過艾爾帕的允許，拴鍊犬無法取得食物與乾淨的飲水，這些資源皆隸屬於荒野狗幫的地盤。

在幸運開口之前，艾爾帕再度開口。「你們這群愚蠢的拴鍊犬，瞧瞧他。難道你們不知道幸運在荒野狗幫裡位居最低賤的歐米茄位置？」

艾爾帕睜大了眼瞪著拴鍊犬，向他們挑釁，但沒有誰敢做出回應。幸運見到懷恩的臉上出現一抹竊笑，他醜陋的臉龐佈滿皺紋。幸運只得垂下頭，忍住不發出怒吼。他很清楚曾經身爲最低位階的懷恩遭受過什麼樣的屈辱。

艾爾帕還未打算放過他們。「新任的歐米茄得接受背叛狗幫的永久印記，他的身體將留下一道疤痕，提醒所有狗他做過的事。」

幸運發出吠叫。他想到蒙奇在他與懷恩的設計之下，搶先偷吃，被降級為歐米茄。艾爾帕朝蒙奇猛衝，在他身上一陣抓扒，甜心跟著補上一記，朝蒙奇的傷口猛咬。

「噢，艾爾帕。」有著蹼爪的大型拴鍊犬瑪莎求饒。「請大發慈悲！」

站在瑪莎身邊的小黛西跟著苦苦哀求。「求求你，幸運會對你言聽計從，我們保證，你不必懲罰他。」

幸運低聲哀鳴表達感激，崔奇與春天跟著加入求情。「我們也都這麼認為。」崔奇大喊。「被打入歐米茄這個懲罰已經足夠。」

費瑞抬起頭，充滿疑惑，就連甜心似乎也感到不確定，雖然如此，她仍保持緘默。

艾爾帕發出嗥叫，狼一般的長嘯，打斷此起彼落的哀求聲。「如果拴鍊犬要加入，狗幫就必須制定更加嚴格的規範！這是幸運背叛與欺瞞我們的代價。」

幸運無法想像荒野狗幫要制定更加嚴格的規範，艾爾帕領導的狗幫已經十分有組織，狩獵與享用食物皆受到嚴密管控。階級高低甚至影響睡眠的地點。

幸運冒著生命危險與狐狸奮戰，然而荒野狗幫的領袖依舊決定傷害並羞辱他。想到自己得遭受無情的處罰，他的四肢忍不住顫抖，感覺自己的頭沉甸甸的。

衆狗紛紛發出嗥叫，彼此爲了幸運的命運而爭論不休。

「等等！」農場犬麥基打斷大夥。他站在主人的棒球手套上，耳朵服貼，頭卻抬得高高的。「我認爲，彼此爭論簡直在浪費時間。何不將這份精力耗費在求生存這件事上，而不是爭論位階高低。」麥基心不在焉踩在手套上。「貝拉與黛西都是優秀的狩獵犬，荒野狗幫可以利用他們的優點，何必等待機會再派上用場？」

「因爲我們必須服從命令。」荒野狗幫的棕白毛色雜種狗史奈普說，「不論喜歡與否，狗幫必須服從命令行事，我們向來如此。」她在說明道理，不帶有任何惡意。

麥基豎起兩隻耳朵。「大咆哮改變了一切的規則，拴鍊犬加入狗幫，荒野狗幫也需要做些改變。階級制度不再有存在的必要，它只會讓事情更加複雜。」

幸運鮮少聽見麥基發表長篇大論。

史奈普望著農場犬，像在思索他話中的涵義。但在她開口之前，艾爾帕衝到麥基面前，矗立在黑白狗前方發出咆哮。「因為大咆哮所以才更加需要遵從嚴密規範與傳統。這個世界比從前更危險，我們需要的是紀律，不是一群缺乏訓練的懶散家犬。」他抬起頭，黃色的眼瞳令人不寒而慄。

在場多數狗都垂下了頭，不敢挑戰狼犬的一番話，一片緘默。

艾爾帕望著他們，最後直直盯著幸運。「烙印儀式開始，將他壓制住。」

幸運忍不住感到驚恐，四肢顫抖，腳掌心冒汗。他闔上眼，納悶誰要率先對他發動攻擊。拴鍊犬們發出嗚咽，再也不敢替他求情。就連貝拉也抬起腳，啞口無言。

甜心猛衝向前，幸運驚嚇得發出吠叫，她跳到幸運身後，以腳掌壓制住幸運的肩膀。他的兩肩觸擊地面，腿傷隱隱作痛。驚恐中骨頭幾乎要散了。甜心比之前逃出收容所時更強壯，史奈普跳上前協助甜心，猛撲向幸運壓制住他。當甜心朝他的脖子一咬時，幸運忍不住哀號。

「放輕鬆。」甜心輕聲說，幸運被壓制在下拚了命掙扎。「忍耐不動，才不會擴大傷勢。」

幸運心跳加速，卻愣住了，感到痛苦又困惑。他從眼角瞥見拴鍊犬們綣縮在一塊兒。陽光尖聲吠叫，瑪莎則是哀傷的發出嗚咽，撇過頭去。

貝拉再度開口求情。「拜託，放過他，這一點都不公平！將他傷得如此重，讓他無法狩獵或是保護我們免於攻擊有何用意？這麼做對任何一隻狗有什麼好處？」

艾爾帕發出咆哮，失去耐心。「歐米茄的工作沒有這麼高尚，我無意讓他傷重無法工作。」他齜牙咧嘴朝幸運走近，幸運開始掙扎，抵抗甜心與史奈普的攻擊。「傷勢夠重，才能讓他永遠忘不了。」

在一旁觀看的狗兒們瘋狂發出吠叫，既害怕又激動，艾爾帕一步步走上前，朝幸運逼近。

他咆哮道：「別孬種，叛徒。乖乖接受你應得的處罰。」艾爾帕的黃色眼瞳閃閃發光，舌頭舔舐著下顎。

不！我不會讓你得逞！幸運突然怒火中燒。**你不能碰我一根寒毛！**

他拚了命甩動身體，抵抗甜心，最後她不得不鬆開壓制在他脖子上的力量。接著他發出咆哮，抽出前腿攻擊甜心。她往後一跌，感到十分吃驚接著幸運他整個身體一轉，將史奈普甩離他的背，然後掙扎著站起，衝撞圍觀的群狗。

他氣喘吁吁回頭張望，狼犬顯得不知所措。幸運大聲吠叫，要貝拉與黛西讓路，她們絲毫沒有阻止他逃開的意思。甜心感到十分吃驚，甚至感覺到沮喪。

很抱歉，甜心。我只是沒法繼續待在這裡！

史奈普趁幸運猶豫時發動第二次攻擊。幸運感覺到背部沉重，想要甩開她。棕色的濃密毛髮與黑影霎時模糊他的視線，他抬起頭看見布魯諾的尖臉。他魁梧的有力身軀將幸運壓制在地，幸運發出吠叫，驚嚇大過於痛苦。

布魯諾！他可是隻拴鍊犬！

幸運簡直不敢相信所見。不久，甜心加入他的行列，將前爪刺進幸運的脖子。三隻狗同時將幸運壓制住，讓他絲毫沒有脫逃的機會。

圍觀的群狗瘋狂發出吠叫。白色長毛狗陽光驚慌地又叫又跳，麥基則是退後了幾步，主人的棒球手套安穩地咬在嘴裡。

艾爾帕的身影落在幸運身上，他逐漸朝幸運逼進，露出嘴裡發亮的尖牙。

「狗幫出現叛徒。」艾爾帕開口說，「按照慣例，他的身上必須留下示警的齒印，身爲領袖艾爾帕，我有責任留下這個印記。」

幸運闔上眼，他暗自決定不論傷口多疼，當艾爾帕將尖牙咬進他的身體時，他絕對不能將痛苦顯露在外，不發出任何嗚咽、哀鳴或是嗥叫，滿足艾爾帕的私慾。

艾爾帕把臉湊近幸運的耳朵，小聲說：「你現在可以把從前那些消遙日子全忘了，只要你活著的一天，身上便將永遠留有背叛的印記。沒有任何一隻狗幫會犯下給你自新機會的錯誤。」

就在狼犬準備低頭將尖牙埋進幸運的身上，四周突然傳來玻璃碎裂般的高音頻聲響，空氣頓時凍結。

艾爾帕僵住不動，刺耳聲音逐漸加大，幾乎讓狗兒承受不了。尖銳聲響嵌進幸運的心裡，令他不寒而慄，甚至感覺到甜心貼近他身體時的心跳，還聽見史奈普恐懼的低吠。就連布魯諾也不禁發出疑惑聲。

幸運望向天空，瞇起眼，只見太陽高掛在淡藍色的天空。

空氣中再度傳來咆哮聲。聲音源自城市的方向，聽上去像是雷聲，不過聲音拉得更長、低沉，更加令群狗戰慄。焦慮在群狗之間瀰漫開來。

「是暴雨！」甜心大喊，她緊貼著幸運身體的心跳加遽。

更多高音頻的聲響令幸運的觸鬚也忍不住震顫，聲音聽上去宛如整片天就要塌下來一般！不久，空氣中的嗥叫聲更加尖銳且巨大，就連群狗的發狂吠叫也都被淹沒殆盡。

幸運驚嚇得暈頭轉向，胃部痙攣，身體劇烈起伏。天空像隻重病的狗，痛苦地發出哀嚎。這可不是普通的暴風雨。嗥叫聲與天犬一點關係都沒有。

第二章

甜心鬆開幸運，往後退，史奈普與布魯諾也跟著照辦。空氣中依舊迴盪著尖銳的嗥叫聲。幸運甩甩身上的毛髮，感覺鬆了一口氣，脖子與腿卻隱隱抽動。

「是暴雨將至，不是嗎？」甜心低吠。

幸運十分明白並不是暴雨。頭頂的天空依舊湛藍一片，儘管如此，不安與哀鳴聲令他的觸鬚也感覺得到震顫。天空並未降下雨水，幸運沒有嗅聞到一絲大雨將至的氣味。

「我想是大咆哮要來了。」幸運不想要驚嚇甜心，但是他沒辦法說謊。低沉的怒號就像從前在收容所聽到的一樣，接著周圍的一切開始崩塌，不過這回聽見的聲音更加巨大且驚駭。

眾狗紛紛對他投以緊張的神情，接著響起幾聲聽起來不像雷聲的怒號，其中幾隻狗嚇得跳起。黛西緊張地胡亂吠叫，幸運則試著集中精神，鍛鍊他的感官，嗅聞著空氣。他只聞到風中傳來一絲怪異的氣味，大地傳來刺鼻的氣味，還有河水的腐敗味道。幸運不禁回想起先前見到的那條有毒河水，水面閃爍著一道綠色的發光物質。他走上前，嘴巴微張，仰起脖子，豎起耳朵。

貝拉走近他的身邊。「一股怪味。」

「是啊。」幸運同意，惡臭刺痛他的鼻子。

在場其他狗現在也都聞到了難聞的氣味。年紀輕的狗兒開始大聲吠叫，胡亂轉著圈。幸運的四肢嚇得一直發抖，一股力量催促他快逃，但是他要逃去哪？他甚至不確定這聲音與惡臭從哪裡傳來。

遠處的呼號聲令其他狗兒瘋狂發出吠叫，幸運轉身望向艾爾帕，納悶他是否會叫大夥安靜。狼犬卻愣住不動，望著天空。

「怎麼回事？」麥基焦急問。幸運轉身望向森林升起的黑影，幾乎喘不過氣。黑影像是烏雲，甚至更加漆黑。更像是他曾在大城市見過的場面，幾輛籠車在路上撞成一塊兒，起火燃燒引發的濃霧。

這應該是味道的來源，城市。大地是否再次像大咆哮發生時翻轉過來？但是他們卻沒有感覺到地犬在搖晃……

所有的狗兒受到眼前那一片烏雲所撼動，嚇得叫不出聲來。

麥基的尖耳朵服貼在臉側。「它會傷害我們嗎？」

貝拉則是來回踱步。「顯然它離我們還有一段距離。」

「我們別冒險靠近。」陽光嚷嚷道。「應該快點離開。」

「去哪兒？」史奈普問，她看看月亮及她的孩子們。「移動營區並不實際，是吧？」

「我真的不認爲留下來是安全的。」麥基說，他的黑色眼睛直盯著遠方的烏雲看。

有著長耳的棕黑色母犬春天咆哮道。「你們想到哪兒都行，拴鍊犬！這裡是我們的地盤，我們可不打算棄守！」

「我不怕那片烏雲。」棕白犬達特附和，但她的聲音發顫，尾巴低垂。

甜心拖行著腳步，顯得躊躇猶豫。「我從未見過這樣的景象，你認爲呢，艾爾帕？」她將視線從遠方的烏雲移開，轉而望向荒野狗幫的領袖。

艾爾帕依舊杵在原地，尾巴下垂，身體起伏。幸運望著狼犬，驚訝他的轉變。

他六神無主。幸運驚覺，**必須要有個領導者控制這裡的場面**。

他望向天空，黑色濃煙從遠方的森林升起。煙霧與風接觸之後不斷擴大，甚至越過風向上飄飛。儘管隔著一段距離，幸運仍聞得到腐臭的氣味。腐敗的味道刺痛他的鼻子，令他的腹部及胸口急喘。萬一這氣味飄向他們將會如何？這些煙霧是否會對他們造成傷害？幸運從未聽說過這樣的事情，不過從前他也沒聽過河水有毒，要不是布魯諾遭河水毒害……他們每天都在學習接受新的事實。

「我認為我們必須離開這裡。」他告訴甜心，其他狗兒聽見他這番話，轉身望向他。

崔奇口氣頑強地大喊。「這裡是我們的營地，我們不該棄守！」

「我們可以另尋其他地方。」幸運回答。「麥基說得沒錯，這裡並不安全。」

「你懂什麼？」達特大聲咆哮，朝幸運齜牙咧嘴，接著轉身面對狗幫其他成員。「他畢竟是個叛徒。這是我們的營地，他不能一見到麻煩就要我們撤離！」她望向艾爾帕尋求支持，但狼犬卻緘默不語，面對黑色濃霧依舊束手無策。

貝拉轉身面對達特與崔奇。「幸運認爲我們應該撤離，我也同意。」

「他又不是我們的艾爾帕。」崔奇發著牢騷。「你也不是。」

幸運望著黑色煙霧在天空繚繞，腐敗的氣味燒灼他的鼻子，令他疼痛難耐。「濃霧是由腐敗的氣體組成，會讓我們生病。」

「幸運的直覺向來敏銳。」說話的是甜心，她默默在一旁觀看，目光從黑色的濃煙移回艾爾帕與幸運身上。她以高階的職權對所有的狗兒說，「我從前……見過類似的景象。如果幸運認爲留下來不安全，我相信他的判斷。」

幸運聽見這番話高舉尾巴，他轉身望向其他狗。「崔奇、春天，你們的鼻子比在場其他狗靈敏，難道不認爲濃霧的味道不對勁？」

衆狗轉身望向他們的夥伴，等待他們的回應。艾爾帕不做任何動作，除了輕蔑地翹起嘴角，但是他的四肢顫抖，眼睛睜得很大。

崔奇嗅聞空氣，一旁的春天深深吸氣，感到避之唯恐不及。「沒錯，味道的確不對勁。你們都聞得到，不是嗎？這並非天然的氣味。」

崔奇再度嗅聞一遍，耳朵朝後抽動。「你說得對。」他表示贊同。「味道將危及我們的性命。」

恐懼籠罩在群狗之間。

幸運向大夥說明，「我們必須重新尋找一處新營地，遠離這裡。如果濃霧瀰漫開來，我們必須待在安全的避難處。此時應該立即啟程！」

這一回，衆狗紛紛表達贊同，就連崔奇也不例外。幸運注意到這下沒有一隻狗因他這番話尋求艾爾帕的意見。**他們明白自己的領袖變成懦夫，**他心想。但他一點都不覺得高興，他只知道新狗幫必須存活下去。**我不知道我們該往何處去，但我知道我們不該朝城市的方向走。**他凝視著群樹覆蓋的山丘，那裡可以遠離驚駭的聲響，待在頂峰與高聳的樹木之間應該會比較安全。

「跟我來！走！」幸運朝向山坡前進，遠離營地，以及才剛鬆動的大地，還有從其中噴發的黑色惡臭濃煙。甜心跟在他的身後，春天與史奈普隨侍在她身邊。月亮帶著妞妞，費瑞叼著北鼻。

在貝拉的領軍之下，拴鍊犬也跟著動身。幸運回頭張望，擔心艾爾帕依舊留在原地，但見到狼犬也一起跟著狗幫離開便鬆了一口氣，儘管他比其他成員落後幾步的距離。

幸運穿梭在一排高聳的樹木之間，朝向充滿岩石的礦脈前進，腳下的小圓石令他的腳步打滑。左側的土地一路陡峭朝深谷延伸。幸運渾身發抖，只粗略瞥見底部充滿了崎嶇的岩石，還有一個枝幹扭曲的樹根。他聽見甜心跟在身後窸窣的腳步聲。

「繼續往前走。」他朝大夥喊道。「抵達山頂之前，別向下看！」

他走上山坡，身體突然朝右側傾斜，腳下的土地變得濕軟。刺果垂掛在低矮的枝椏，幸運彎下身，避開彎曲的豆莢，埋進他的毛髮裡。上坡至此可以不費力奔跑，他的腳爪在草地與生苔的土壤間找尋抓地力。

最後，大夥抵達山坡頂端的高原。越過高原，幸運見到了一片嶄新的森林，濃密的綠葉散發出清新的氣息。他興奮地發出吠叫回頭張望。身後只見甜心與貝拉，其他的狗兒則遠遠落在後頭。幸運朝後退了幾步，轉彎處他見到陽光奮力登上多岩的礦脈。其中幾隻荒野狗幫成員正困難地爬坡——諸如體型嬌小的扁鼻犬懷恩，帶著腳傷的崔奇。幸運趕緊跑下山坡，越過艾爾帕，他默默踩著步伐前進，目光盯著前方，耳朵緊貼著頭。

幸運抵達陽光身邊時，看見她向後滑，小腳爪在卵石上抓扒，無法著力。前爪有顆大石頭鬆動，滾落山坡，落入深谷。陽光發出尖叫，胡亂爬著離開崖邊。她重振精神，再試了一回，鼓起勇氣嘗試登頂。幸運輕輕將下顎頂住陽光的頸背，將她拉過最崎嶇的岩石。待幸運鬆開她，她滿身驕傲地甩動身上的毛髮。

「謝謝你，幸運。」她輕聲道謝。「我想……我自己應該辦得到，不過……謝謝你好意幫我。」

「小事一樁。」幸運回答。她蹭蹭他的鼻子，接著趕往加入其他成員。幸運望著她離開，心想，**大咆哮發生之後，她真的成長不少**。

崔奇的目光一閃，像在警告幸運別嘗試咬住他的頸背，如此一來，幸運只好繞到長耳犬身後，將他往上推，直到他可以攀爬剩餘的坡路。費瑞望著幸運動作，將北鼻放下，月亮將孩子們擁入懷，北鼻伴著妹妹，瞪大了眼睛看著。

「他在做什麼？」妞妞問。

月亮舔舔她的耳朵。「他在幫忙。」

費瑞毫不費力地便將懷恩推過崎嶇的坡段。短腿扁鼻犬喃喃說著感激，繼續蹣跚爬行，身體劇烈起伏。

費瑞向幸運示意之後，返回北鼻身邊，將他叼在嘴裡，然後跟月亮帶著孩子們繼續他們的路程。

幸運回頭望，此時，黑色的煙霧已經朝山下的營地瀰漫開來。從至高點望過去，濃煙似乎從山谷後方的低矮樹叢升起，應該不是從遠方的城市來的。濃霧沿著地面散開，而不像白雲般高高飄揚在天空。至少，大夥安全逃離那個地方，不久，他們將遠遠離開，建立一個嶄新的營地。

當他回望山坡，卻發現落後的狗兒消失無蹤，幸運耳邊傳來驚駭的嗥叫聲。

是黛西！她正處在急轉向右的轉彎處，幸運趕緊衝向她的身旁。

「麥基有麻煩了！」她大喊道。

黑白犬在山頂處失足，往下墜落，其中一隻後腿擺盪在山崖邊緣岌岌可危，另外一隻後腿正緊抓住地面。

黛西瘋狂大喊。「加油，麥基！你辦得到！只要爬回山坡！」

麥基前腿緊攀住樹幹，幾乎快要抓不住，樹根揚起灰塵，眼見樹幹就要連根拔起！他撇過頭，張大了眼，絲毫未鬆開嘴裡銜著的棒球手套。

黑白犬麥基另一隻後腿滑向崖邊時，幸運及時趕到。達特與春天轉身尋找他的下落，當他們見到眼前的景況全都驚慌失措地發出吠叫。

幸運試圖保持冷靜，他將下顎緊咬住麥基的頸圈，小心不把夥伴推下山，或讓他緊抓住樹幹的力道鬆脫。幸運使勁將麥基從山崖邊拉上來。這是頭一回幸運慶幸拴鍊犬堅持配戴著頸圈，麥基體型魁梧，幸運不可能只咬住對方的頸項就將他拉回身邊，像剛才他對待陽光那般。最後他使盡吃奶的力氣才將麥基安全拉上來，他們倆癱軟在地面上。

麥基將棒球手套擱置在旁，舔著幸運的臉龐。「我以為自己完了。」農場犬用著僅有的力氣說。幸運感覺得到他渾身發顫。

幸運蹭蹭拴鍊犬的脖子，讓他喘口氣。接著他站起身，「走吧，」他說，彷彿若無其事。「我們快點趕上其他狗。」

再度抵達山頂時，幸運見到史奈普正幫忙瑪莎除去尾巴濃密毛髮間的刺果。這隻諳於水性的狗想必在轉彎處卡住了。掙脫束縛之後，瑪莎低下她那張溫柔的大臉，舔舔史奈普的鼻子，接著轉身朝森林奔去。

四處不見艾爾帕的身影，應該是早已領先在前，幸運心想。他為何不停下腳步幫助其他夥伴？

麥基在高聳的樹叢間穿梭前進，幸運跟隨在後，包裹在森林散發的清新氣味中。他聽見遠方地底冒出的黑色濃煙發出的聲響，劇烈的崩裂聲迫使他越過麥基，奔跑於樹林之下。幸運在林間閃躲前進，前方出現崩裂開來的聲音，他尋著其他狗兒的氣味前進。

他越過月亮與費瑞，他們因爲攜家帶眷所以腳步緩慢。貝拉與甜心與他們維持相同的步調，留心狐狸與利爪之類的危險。幸運停下腳步望著他們，驚訝地發現他們竟放下心中的敵意，保護弱者。

麥基越過幸運，後頭跟著黛西。多數狗兒猛衝向前，幸運殿後，因爲他想到體型嬌小的狗兒難以越過崎嶇的岩石。他得確保沒有任何一隻狗遭到遺漏。折返回森林的入口處，他發現荒野狗幫的棕白母狗達特嚇得躲在一棵樹下，雙眼睜得很大。

幸運緩緩接近她。「往這裡走吧，達特。快跟上其他夥伴的腳步吧。」

達特顯得退縮，遠離幸運，朝那詭異的黑色濃煙方向瞧。「我們的營地。」她發出抽咽。

幸運試著安慰她。「我們可以重新另尋他處。」他對她說。「那地方肯定更好，有新鮮的空氣和甘甜的飲水。相信我。」

她豎起兩隻耳朵，緩緩走近幸運。「你確定森林很安全？我聽說過關於這裡的事。」她睜大的雙眼望著樹叢的陰影。「我的狗媽媽曾說過巨毛怪的故事，他們的體型比狗大上十倍，爪子跟樹枝一樣長，比起利爪的爪子還要尖銳。」

幸運聽完忍不住發顫，不過仍強打精神。「森林裡不會出現巨毛怪，緊跟著狗幫就不會有事。」

達特總算聽進去，挺直身體，她深吸一口氣，尾巴微微搖擺，重返森林，趕上她的巡邏犬夥伴崔奇時，發出吠叫。

就在幸運準備跟上達特時，他瞥見了艾爾帕的身影躲在高聳的白樺樹下，與眾狗相隔一段距離。狼犬似乎有些慌亂且不知所措，身體僵硬，只能勉強邁開幾步，耳朵平貼在側，身體不停顫抖。每回停下腳步，總不忘朝山谷的方向望。

幸運聽見身後傳來腳步聲，聞到妹妹的氣味。

「我正納悶你上哪兒去……」貝拉見到艾爾帕，拖長了聲音。她跟在幸運身後走近狼犬。幸運幾乎不敢置信荒野狗幫，向來充滿威嚴的領袖如今卻變得不堪一擊。他像是痛苦不堪？出了什麼事？

如此軟弱……

幸運不禁想到這隻殘酷的狗不但將他貶爲歐米茄，而且威脅要在他的身上留下永久的印記。

幸運跟隨艾爾帕的目光落在不斷冒出的黑色濃煙上，狼犬看得如此專注。他愣住不動，不可置信望著眼前這一切。黑色濃煙不斷瀰漫散開，在空中盤旋。

這一切難道是我的想像？

長長的四肢似乎從奇異的黑色團塊中生長出來，接著長出了脖子，和濃密的黑色尾巴。脖子頂端膨脹出一顆頭，有著一對黑色的長耳朵。霎時，他彷彿就像是灰燼堆成的驚駭形體。

艾爾帕發出低沉、怪異的喃喃自語聲：「是天犬，邪惡的天犬。」

貝拉走上前，朝雲霧的方向瞇起眼。「我還以爲所有的天犬都是善良的。」

「他們也是如此描述地犬。」艾爾帕低聲說。「他們都說地犬既慷慨又仁慈。她總是供給我們所需，看顧著我們。卻阻止不了大咆哮的發生。」狼犬濃密的尾巴在兩腿間搖擺。

艾爾帕的無助完全震攝住幸運，他一時語塞。他再次望向天空，不過雲霧的形狀出現改變，不再是狗一般的模樣。它再次變回地平線上一團黑色的漂浮濃霧。

「只不過是濃霧而已。」他對他們說，「沒什麼好擔心的，並不代表什麼。趕緊加入其他的夥伴……」

森林內突然傳出巨大的嗥叫聲響，不知哪隻狗痛苦地發出哀嚎，三隻狗兒立即轉身。高音頻的嗥叫聲劃破空氣。幸運、貝拉與艾爾帕穿過樹叢，趕上兩隻狗幫的隊伍，越過群狗身旁，抵達最前方。

他們全都愣住不動。崔奇在直挺挺的松樹之間的空地繞著圈，痛苦地發出哀嚎。他高舉著變形的前爪貼近身體，吃驚地發出嗚咽，想要返回正常。他的妹妹春天發出吠叫，在場其他狗兒見狀卻只能被嚇得瞠目結舌。

「怎麼回事？」幸運問。

甜心走上前。「前方有塊沼澤地，濕軟的地面浸滿了水，無法通過。崔奇嘗試越過，但是後腿絆倒，落入沼澤，扭傷了前腿。」

崔奇的身體劇烈起伏著，幸運擔心他傷得不輕。他抬頭看見甜心依舊望著他，她的兩隻柔軟的耳朵低垂。她遠離其他成員走向一處低矮的樹叢，幸運跟著走過去。

「崔奇受傷的腿從前也受過傷。」幸運壓低音量說出他的觀察。「他照顧過受傷的腿，會再復原，不是嗎？」

快腿犬瞥了一眼崔奇，他正不斷發出啜泣，令狗兒憐憫。「我不認爲這次不會有事。我不能確定，但是我好像聽見他的骨頭斷裂的聲音。」

就在甜心說這些話的同時，崔奇倒臥在地，受傷的那隻腿高舉起來，試著不擴大傷勢。他舔舐傷口，發出哀鳴，身體不斷顫抖。

幸運朝山谷的方向望去，它隱蔽在森林另一端。黑色濃霧在群樹頂端的天空盤旋繚繞。濃霧散開，不再集中，幸運並未覺得好過。

萬一艾爾帕說得沒錯？他心想。**萬一濃霧是憤怒天犬的化身**？**崔奇的腿傷是否跟地犬有關**？

幸運曾想著神靈之犬會庇佑狗幫，保護他們免於傷害，令他感到安慰。如今他卻不再確信如此。

他不禁感覺到神靈之犬們似乎在跟他們作對。

第三章

眾狗一起穿越森林，腳底下的樹枝與落葉劈啪作響。此時，他們的步調放緩許多，好讓崔奇跟上。受傷的狗一瘸一拐地默默跟在其他狗後面，受傷的腳掌貼近胸膛。他的妹妹想要上前幫忙，卻被他厲聲制止，「別靠近！」她只好與他保持幾步距離。

幸運走在隊伍末端，眼角偷偷觀察崔奇。他不知道這隻垂耳狗能否抵達新營地，就算到得了，要如何活下去。受傷的腳掌令他處於劣勢，如今將比以往活得更加艱難。幸運與狐狸打鬥後留下的傷口依舊會疼，如果在受過傷的腿部加重力道傷口勢必加劇，崔奇如何能夠承受得住？

貝拉掉頭，與幸運並肩而行。她也一樣對崔奇投以憂慮的眼神，幸運知道她所想的跟他一樣。狗幫成員繼續向前行，一路上並未交談，太陽之犬此時落下天空。垂掛的樹枝在陽光下投射彎曲的陰影。

昏暗之中，幸運睜大了眼，感覺到黑暗中潛伏著莫名的東西令他感到不安。**這地方**，他心想，**這些陰影總令人想像著不存在的東西**。

前方不遠處，狗幫成員紛紛停下腳步。幸運與貝拉前往察看。

布魯諾站在隊伍之前，他們來到一片樹林的盡頭。他們一直繞著湖走，如今來到了岸邊。從這個角度看過去，廣闊的土地中央形成一個圓形的湖泊，湖面波光嶙峋，只見遠處岸邊矗立著一大片岩石。

「現在往哪個方向去？」布魯諾望著幸運問。

幸運不禁感覺到沮喪。**眼前這隻狗協助將我壓制住，讓艾爾帕能在叛徒身上留下難以抹滅的印記。要不是這時候出現一道黑色濃霧，恐怕我身上將帶著永久的疤痕。現在他卻裝做若無其事尋求我的幫助？**

「你有什麼看法，艾爾帕？」史奈普問。

幸運跟著轉身望著狼犬。他與眾狗之間隔著一道距離，目光卻穿過森林，朝黑色濃霧的方向看。

「湖水與巨石交接處的方向如何？」貝拉提議。她站在幸運的身旁，其他狗兒聚集在她的身後。

幸運見到了石頭形成一道屏障。「好。」他表示同意。「即使濃霧飄散過來，這片石頭提供我們一個良好的避難所。」

「但是那地方距離遙遠。」陽光低聲說道。她身上的白色長毛沾黏著刺果，打結在一塊兒，尾巴下垂。她徒勞無功啃噬著腳掌黏著的刺果。這些對話提醒幸運，他們頭一回離開城市時，他得向所有的狗仔細說明他的用意。**別又來了！發生這些事之後，一切又返回原點**。

「我們難道不能在這裡過夜？」懷恩插嘴。「樹林可以保護我們免受壞天氣的影響，黑色濃霧也不會飄散至此。岩石區離我們太遙遠了。」

「我們不能繼續走上一大段路，這對崔奇不公平。」陽光接著說。受傷的狗瘸著腿走上前。「我會跟上狗幫的腳步。」他仰頭保證。甜心眯起眼望向森林。「我認爲我們最好繼續啓程。森林裡不知道住著什麼樣的動物，會在夜間出沒……我們最好在天黑之前離開。」

她彷彿能夠看穿幸運的心思。他抬起頭張望，頸背毛髮本能地豎起。天空昏暗，太陽低垂。「天很快就要黑了。」

貝拉步上前。「那麼我們一刻也不能逗留。」

狗幫抵達岩石頂端時，太陽之犬已經沉落湖泊。貝拉與幸運走在一旁，腳底的卵石很滑。地面濕滑，泥土黏在他們的毛髮上結成塊。史奈普跟隨在後，朝石頭的方向前進。她興奮地朝大夥吠叫，儘管路途遙遠，她依舊精神奕奕。

現在輪到了瑪莎。以她龐大的體型來說，儘管處於驚訝的狀態，仍保持優雅，她以腳蹼向下滑行，彷彿順流而下。一抵達岩石底端，她便甩甩身上的毛髮。其它大型犬可就沒有這麼順利了，滑下成堆的石頭雖然沒有登頂來得吃力，但多數的狗難以保持身體的平衡。

布魯諾連滾帶跳翻過小圓石，腳掌在粗糙的地面抓扒。費瑞差點抓不住北鼻，月亮忍不住一陣驚呼，她與妞妞在底下等候。她以口鼻將幼犬蹭開父親，將兩隻幼犬擁入懷中保護著。

幸運轉身面對著湖泊。「湖水看樣子很清澈。」他帶領眾狗來到湖岸邊，大夥飢渴地喝起湖水。

沁涼的湖水提振他們的精神之後，他們紛紛筋疲力竭地在突出的大石底下休息。狗幫集結一起，精神不濟。儘管幸運感到脖子僵硬，腿部發顫，但心中的大石總算落下。

春天舔舔尾巴的傷口，氣惱地望著瑪莎。「這可不是你的工作。」她扯著嗓門說。諳於水性的大狗順服地低著頭，站在黛西身邊。

儘管頭頂突出的岩石能夠保護他們免於風吹雨淋，這個避難處卻不怎麼舒服。腳底的地面既粗糙又濕。崔奇瘸著腿來到新營地的邊緣，倒臥在地，舔舐受傷的腳。

「幸好有找到暫時的休息處。」甜心踩在濕軟的地面說。

春天帶著沮喪說道：「要不是多了拖油瓶，說不定路程可以輕鬆些。」她的目光彷彿指控一般，望向陽光與懷恩，他倆並肩站著。「他倆的體型過於嬌小，根本無法獵食或是打鬥。能對狗幫有什麼貢獻？我們應該拋下他們，他們不過是我們的負擔。」

「我們不會拋下任何一個成員！」甜心厲聲說，「所有的狗皆各司其職。」

史奈普支持她的說法。「不是每隻狗都得去獵食或是打鬥。陽光跟懷恩可以成為狗幫的眼線。」

「陽光有靈敏的鼻子。」麥基指出。「她可以成為優秀的巡邏犬，一哩之外的味道都逃不過她的鼻子。」

「我同意。其他狗兒外出巡邏時，他們可以看顧營地。」甜心說。

春天瞇起眼。懷恩則環顧四周顯得害怕，短尾巴捲曲在兩腿之間。

陽光鮮少闔上她的話匣子。「你們說誰是負擔？」她怒視著春天，大聲咆哮。「我並沒有看到你英勇抵抗狐狸。你只是發出吠叫，製造一堆噪音，只會落井下石。」

「好大的膽子！」春天發出咆哮，露出她的牙齒，跳向陽光。

甜心上前阻檔。「夠了！你們倆，現在停止爭吵！」她大聲說。

春天往後退，頸背依舊高聳，卻低下了頭。「抱歉，貝塔。」她小聲說，不願意挑戰艾爾帕的手下大將。

艾爾帕從遠方石堆的陰影處走出，怒視著春天。

「你們只會無謂的爭吵。」他轉過身去，尾巴輕蔑地一擺。

幸運望著他，驚訝狼犬的行爲舉止出現如此的轉變。**裝作若無其事**。

陽光噤聲不語，對春天怒目相視，但是崔奇的妹妹卻撇過頭去。

「他要去哪？」她大喊道。

衆狗轉身看見懷恩溜出營地，帶著愧疚離開。

「想要逃走，是吧？」春天指控。「眞沒種！」

「懦夫！懦夫！」其中幾隻狗嚷嚷，筋疲力竭轉變爲沮喪。

懷恩越過布魯諾時，布魯諾朝他破口大罵，還輕咬了懷恩一口，嚇得懷恩大聲吠叫，在大石頭底下匍匐，貼著岩壁，顯得畏縮。

「立刻停止！」貝拉對布魯諾大喊，他還在後頭嚇走扁鼻子小狗。

幸運望著眼前這一幕，垂下耳朵。當遠方空氣中傳來刺鼻濃霧時，群狗在艱難時刻紛紛拋開階級與敵意，只求安全離開舊營地。如今，彼此再度將矛頭指向對方，將狗幫的團結向心力全拋在腦後。

崔奇與衆狗保持距離，他的尾巴垂在身體的一側，專心照料著腳傷。幸運注意到達特正跟甜心交談，她們倆不知道爲什麼愁眉苦臉的，儘管他聽不見她們交談的內容。甜心抬起頭，與幸運四目相對，臉上帶著警戒、不確定的表情。幸運把頭撇向一邊。

甜心是否願意原諒我幫助過拴鍊犬？他納悶著。

月亮正在哺育幼犬，費瑞則隨侍在一旁，確保爭吵的狗兒不會波及他們。艾爾帕走過他們的身邊。

「你們全都安靜下來！爭吵不休眞是無聊。」艾爾帕朝布魯諾與其他狗下令，費瑞卻寒毛直豎。

艾爾帕的大嗓門嚇壞了北鼻，他嚇得直打哆嗦。儘管月亮溫柔哄騙，兩隻幼犬皆停止吸吮。她的黑色眼瞳充滿沮喪，睜大了眼望著費瑞。

幸運見到他們的眼神有所交集，接著費瑞轉身對艾爾帕說，「留心點，」他發出咆哮。「你嚇壞了兩隻正在喝奶的幼犬。」

狼犬倏地把頭一轉，目光鎖定住費瑞。體型魁梧的棕犬站起身，耳朵豎起，尾巴高舉，像是要挑戰他的領袖。

幸運的腹部不安地抽動，情況真是岌岌可危，艾爾帕與其對手之間的衝突眼見將一觸即發，特別是像費瑞這般強壯的狗，地位只小於艾爾帕幾個階級，將完全打破狗幫之間的平衡。

忠誠度將被打破，展開格鬥的流血衝突……

艾爾帕與費瑞彼此瞪視好一會兒時間，在場的狗兒焦急的望著，絲毫不敢作聲。接著，費瑞撇過頭去，垂下他的頭。艾爾帕發出咆哮做出警告，費瑞垂下頸背，朝後一退。狗幫的領袖心滿意足抬高他的頭，挑釁地環顧四周。沒有任何一隻狗敢直視他的眼睛。

黛西悄悄走向幸運。「事情爲什麼變得這麼複雜？每回想要安定下來，總會發生某事迫使我們離開。這裡冷冰冰的，何況我們一整天沒有進食了。」她垂著耳朵，眼神哀怨地望著他。

幸運舔舔她的耳朵，試著安撫她。「再給這地方一個機會。雖然環境不好，但可以幫我們躲過濃霧，而且靠近乾淨的水源。明天會更好。」

麥基聽見他們的談話，發起牢騷。「我們能做的只是逃離與躲藏。好不容易建立了營地，卻又得被迫離開，小心翼翼不斷留心背後看不見的危險，不像在大城裡生活般輕鬆。」

「但是大城市是最危險的地方了。」黛西沮喪地說。

「現在說不定安全多了。」麥基用前腳輕拍著皮手套。「見到那道黑色濃霧了嗎？它並非毫無形狀。」

幸運倏地豎起耳朵，難道他也觀察到天空出現濃霧形成的狗形體？

「你們難道沒有察覺到任何不對勁？」麥基的尾巴開始搖擺起來。

「那是巨大的長爪，主人的掌心指引著一處方向！」

其他拴鍊犬聽完這番話紛紛湊近麥基，仔細聆聽。幸運一點都不覺得是長爪，不過他並未因此打斷他的話。

「看樣子像是河邊的安全洞穴。」麥基說。「這是一個徵兆。我們的主人指著回返城市的方向。」他的聲音顯得十分興奮，尾巴不斷搖擺。

「他們希望我們返回家園，而且他們說不定早已回去了！」

艾爾帕擠在群狗之間前進，來到最前方的位置。幸運一臉狐疑望著他，事發當時，他這股自信到哪兒去了？他想起狼犬如何躲在黑色濃霧底下畏畏縮縮的。如今，他顯得趾高氣昂，彷彿情況一直都在他的掌控之中。

「主人、主人、主人、主人——你們拴鍊犬滿嘴說得都是這些！知道自己的話聽起來有多荒謬嗎？特別是你，農場狗。」他厭惡地望著麥基。「你幹麻還帶著長爪的鬼玩意兒到處走？不是早該丟掉它嗎？」艾爾帕嗅聞棒球手套，麥基立刻用嘴叼走，朝後一退，緊緊擁著它。艾爾帕咧嘴咆哮，「如果你們這麼想返回主人身邊，為什麼不逃回城市裡？我們這裡不需要拴鍊犬。」

麥基鬆開前腳緊握住的手套。

「好主意！」他回答，跑到其他拴鍊犬身邊。「是該返回城市去尋找我們的主人了。有誰願意跟我同行？」麥基將目光投向其他狗。其中幾隻拴鍊犬發出低吠，卻沒有一隻狗敢直視他的眼睛。瑪莎舔舔蓬鬆的尾巴，將剩餘的幾個刺果除去。黛西待在突出的岩石下凝視著平靜的湖泊。大夥保持緘默良久，幸運只得盯著自己的腳，一時語塞。

麥基的耳朵向後垂。「我不在乎你們怎麼想，我知道他們已經返回城市了。必要的話，我可以自己回去！」他叼起手套，開始沿著湖岸前進，朝著地平線那端太陽之犬西下的方向去，那地方幾乎一片漆黑。

幸運阻檔他的去路。「別這麼做。」他說。「我們才剛脫離危險，現在你又想要折返回城市？就算狗幫團體行動，也難保毫髮無傷。」幸運忍不住想起可憐的艾菲，主人家的房子傾倒時差點壓死他……最後卻在一場狗幫的打鬥中，慘遭艾爾帕殺害。

黛西趕往他們的身邊。「請你不要離開。」她哀求道。

麥基的態度十分堅持，他鬆開嘴裡叼的手套，開口說話。「我不屬於這裡。我不喜歡爭吵不休，還有狗幫生活帶來的麻煩。我必須離開。我的主人正在等我，我感覺得到。」

幸運大聲斥責。「你自己單獨行動並不安全，我不准許你這麼做！」他毅然面對眼前這隻黑白犬，身體僵硬。

「你阻止不了我。」麥基說。幸運望著麥基，他朝對方衝撞，尾巴低垂。接著，他停下腳步，轉身。臉部表情此時顯得柔和許多，棕色眼瞳帶著溫暖。

幸運歡喜地搖擺著尾巴。

他改變心意了！

麥基步上前，鬆開他的手套，舔起幸運的臉。然後轉身對瑪莎與黛西重複同樣的動作。

小陽光興奮叫著，從突出的岩石下衝了出來。

麥基低下他的頭，舔著她的白色耳朵。「我可沒忘了你。」

幸運的尾巴垂了下去。「你還是要走？」

麥基轉身望向他。「我必須如此。」

這回，幸運並未試圖阻止他。他站在瑪莎與黛西之間，看著麥基叼起他的手套，再度轉身離開。

這恐怕是最後一次再見了，幸運心想，難過的像有利爪抓扒他的身體。

農場狗的身影不久便消失在逐漸籠罩的漆黑之中。幾隻拴鍊犬站著目送他，但是幸運選擇返回岩石下方的營地，倒臥在地，聆聽著友人離去的腳步聲。麥基登上岩壁，踩在石頭上的摩擦聲響逐漸消失。然後，耳邊只傳來湖水流動與沁涼夜晚的微風聲。

第四章

群狗彼此咆哮、唾棄，撕扯彼此的喉嚨，漆黑的天空在他們頭頂沸騰。

這並非算是一場狗幫之間的公平戰役，戰友反目成仇，無情地獵殺曾一起作戰的同袍。

他們是雷霆之犬嗎？彼此間相互殘殺？

幸運拚了命發出吠叫，懇求這群影子一般的群狗停止他們的戰爭。

我們必須團結！

戰鬥持續進行，直到荒原被敵方亦是朋友的血染紅了一片……

幸運倏地睜開眼睛，耳朵豎起，他被一陣憤怒的咆哮聲所驚醒。他環顧四周，花了點時間才想起他身在何處。太陽之犬已經落下了山谷，輕觸遠方的湖面，發出粼粼波光。

岩石下方陰暗涼爽，多數的狗兒依舊在沉睡之中，彼此簇擁著相互取暖。幸運打著哈欠，站起身，伸展四肢。他感覺到渾身僵硬，疲憊不堪。與狐狸之間發生的衝突，造成他的頭部與後腿至今仍不時感覺到疼痛。

接著，他聽見一聲咆哮，見到了貝拉與甜心在遠處的石堆方向。他聽不清她倆談話的內容，不過從她們的動作來看，和平顯然只是短暫。他小心翼翼在沉睡的狗群之間踩踏著前進，步出黎明的曙光。

幸運靠近時，甜心正朝貝拉發出咆哮。「你們的狗幫抵達我們的地盤時，只會給我們添麻煩。在情況更糟之前，你們最好滾出這裡！」

貝拉一動也不動。「崔奇決定離開不該怪我或是我的狗幫。我們已經挽留過他，試著幫助他。他是跟你們一起，才會受傷。」

甜心惱怒地發出吠叫，幸運卻從中打斷。

「崔奇怎麼了？」

甜心轉身眼神冷漠望著他。「他在半夜失蹤，大家都不知道他去哪了。」

幸運聽見這件消息，渾身發顫。心裡想到的是一隻帶著腿傷且鬱鬱寡歡的狗。崔奇在昨天夜裡進入森林，偷偷爬下湖邊的山坡。他要如何在野地求生，那裡到處是狐狸與其他動物出沒？他要如何獵食？如何生存？

甜心朝貝拉發出的吠叫聲打斷幸運的思緒，「我們不知道崔奇的下落。」她步步逼近，細長的身體突然拱起，齜牙咧嘴。「不過，他倒是告訴我們該怎麼做。瞧瞧這地方，我整個早上沒看見什麼活蹦亂跳的動物。這裡的草地過於潮濕多沙，根本沒有足夠的食物餵養一整群狗。」她像控訴一般怒視著黛西與瑪莎，她們與荒野狗幫其他成員正隔岸觀火，尾巴低垂。「也許從前的營地可以提供你們支援，但是這地方難以容納一大群狗。」她轉身望向貝拉。「拴鍊犬應該採取行動，建立屬於你們自己的營地。」

黛西與瑪莎帶著憂慮彼此交換眼神。布魯諾、史奈普與費瑞虎視眈眈站在他們身後。

貝拉無視於他們的存在，並不因此感到膽怯。「你們是否太過自滿了，貝塔？要不是幸運看到黑色濃霧，幫助大家脫離險境，別忘了他也是我們的一員。你們需要拴鍊犬。」

幸運的寒毛豎起，渾身不自在。貝拉把他扯進來這番話說得並不公平。他可不希望甜心提起他背叛荒野狗幫這件事！

艾爾帕從石堆後方衝出，像團灰影。他朝前猛衝，落在貝拉與甜心之間，她倆驚訝地退後幾步。

「爭論一點幫助都沒有。」他在貝拉與甜心之間來回踱步，高舉著頭。幸運原以爲艾爾帕會偏袒甜心，但是他的語調和緩、講理。「在數目龐大的狗幫裡難免會有幾隻狗想要挺身爭取權益，然而強者之間的衝突並無法證明他們的勇氣。」

幸運忍不住面露驚訝。**你剛才說的是勇氣**？他心想。**在展現你的懦弱之後**？

「你必須謹記在心，團體中的弱者向來都很景仰你。」艾爾帕繼續往下說，「你是我的貝塔，狗幫的成員都很尊敬你。」他面露狐疑望著貝拉。「我想，你帶領的拴鍊犬也應該對你投以相同的敬意。你們必須展現自己不但具備有勇氣也有良知。你們不該出於魯莽或是自私之故，連累其他狗的安危……像歐米茄做出的舉動。」

幸運愣住不動，他的尾巴僵硬。他這話是什麼意思？

艾爾帕直挺挺站著，黃色眼瞳閃露著自信。「自從歐米茄出現之後，所有壞事全被我們碰上了。」狼犬轉身望向幸運，帶著指控般，瞇起他的眼睛。「團結力量大，但是多了這隻城市佬就辦不到。」

「但是黑色濃霧與幸運無關。」貝拉試著講理。

艾爾帕轉身望向她。「你應該稱呼他現在的名稱。」他發出命令。「不論濃霧是否由歐米茄引起，它的模樣像極了天犬。這點毫無懷疑，你應該也見到了！」

甜心盯著艾爾帕瞧。「天犬？什麼意思？」幸運與貝拉和艾爾帕望著那道變成狗兒形狀的濃霧時，甜心並未在場。她並未見識到艾爾帕的驚慌與害怕，讓人深信邪惡的天犬是來指責他們的不幸。

「那道黑色濃霧肯定是天犬的化身。」艾爾帕發出吠叫。「如果他的憤怒是爲了懲罰歐米茄周旋在兩個狗幫間，讓他們彼此對立，我是一點都不感到意外。」

幸運頓時屏住呼吸，感覺到全身的血液倒流。他聽說過神靈之犬會出於惱怒轉而懲罰狗兒。**這點該怪我嗎**？幸運望向天空，黑色濃霧已經消隱於遠方的森林。

突出岩石下方聚集的群狗望著這一切，急於想知道結果。艾爾帕轉身面對他們。

「我已經做出了決定。我會遵守諾言，不會逼迫拴鍊犬離開。他們在狗幫裡仍必須扮演好自己的角色。我們所面對的是一個危險、未知的世界，如果大夥團結一致，肯定能夠安然度過。」艾爾帕的口氣溫柔，帶著權威，宛如一個慈愛的父親，正在教導無助的幼犬一堂重要的人生課題。「但是幸運不能夠待在狗幫裡，即使扮演歐米茄的角色也不允許。看看他所招來的災難，危機如同他的尾巴般總是緊跟在後。」

艾爾帕轉身面對甜心與貝拉，目光並未與幸運有任何交集。「你們倆都在替歐米茄說話，把他當成各自的盟友。他卻只會引起你們的反目，他是一切爭執的始作俑者。」

幸運的疑惑一掃而空，他一點都不必爲那道黑色濃霧負任何責任。不論那東西究竟是什麼，應該與大咆哮發生之後，世界變得怪異，出現了轉變的後遺症有關。**艾爾帕只不過是以此當做甩開我的藉口**！

他覺得渾身發熱，呼吸急促，耳朵因爲惱怒而刺痛。眾狗簇擁在四周，艾爾帕的高姿態這回卻發揮不了作用。**顯然大夥都見識到，他們尊稱的「領袖」在面對黑色濃霧時崩潰的模樣**。儘管狼犬有致命的尖牙，仍遮掩不了他骨子裡是懦夫的事實。面對突發的災難時，他不知所措，只能留在舊營地，任由有毒的氣體朝他們蔓延而來，讓所有的狗兒坐以待斃。

「為了狗幫著想，」艾爾帕再度開口。「城市佬必須離開。」

「要不是我，恐怕你們誰都無法活著逃離森林。」幸運插嘴，試著控制自己的怒氣。「我找到離開舊營地的路徑，率領眾狗登上山坡。你們所謂的『天犬』不過是有毒氣體形成的濃霧，你們一見到他的模樣幾乎嚇得魂不附體。艾爾帕！你根本沒有能力帶領狗幫安全撤退。」

艾爾帕轉身面對他發出咆哮。「面對現實吧，叛徒。你只會惹麻煩而已。你的名字不過是一個殘酷的笑話。這裡不需要你跟你的壞運氣。」

黛西發出低吠，奔向幸運身旁。

體型龐大、溫柔的瑪莎則向前跨了一步。「幸運是我們的好友。他總是向拴鍊犬伸出援手，從沒讓我們失望過。」

「他在荒野狗幫也總是盡職盡責。」善良的史奈普跟著插話。「幫助弱小攀登山坡，率領眾狗穿越森林。」

懷恩也同意道：「史奈普說的對，這都該感謝歐米茄。」矮胖的小狗緊張地抓扒地面，顯然，他鼓起很大的勇氣才敢反抗可怕的狼犬。「沒有他的幫助我們肯定過不了這一關。請重新考慮，艾爾帕。」

幸運嘆了一口氣。懷恩從沒對他說過好話，他很懷疑這隻小狗這番話的用意。他大概只是擔心幸運離開後，他會因為之前的恫嚇與欺瞞被打入低階——歐米茄。

艾爾帕朝懷恩咆哮，他嚇得發出低吠，狼狽跑開。接著，狼犬朝史奈普與瑪莎露出他的尖牙，她倆迅速低下頭，表示屈服。

幸運不可置信望著這一幕。**儘管經歷過這一切，他們還是選擇聽從他的命令。他們準備讓狼犬將我踢出狗幫！**

艾爾帕上前一步，挺直身體，齜牙咧嘴，站在幸運身旁，發出咆哮。「需要提醒你還沒完成的處罰嗎，叛徒？」

幸運對他怒目相視，卻不發一語。他氣憤難耐，擔心自己會口出惡言。在他對狗幫做出這些貢獻之後，他們的抗議就這樣無聲無息消失。

艾爾帕轉身面對其他狗幫成員，他的聲音放輕，變得通情達理。「考慮過我們所經歷的苦難，以及歐米茄在某種程度上的確展現他的勇氣，帶領我們離開舊營地，我準備赦免他應得的懲罰，讓他可以輕鬆放逐。」

「艾爾帕說得對，歐米茄最好選擇離開。」說話的是甜心。她張著棕色的大眼睛望著幸運，他感覺到她受了傷害。他朝她眨眨眼，令她感到失望讓他深感遺憾。她會原諒他嗎？如果他倆再也不會見面，談原諒又有何用？不過他臉上的表情肯定惹惱了甜心，她咬牙切齒。「你背叛了兩個狗幫。」冷漠的口吻令幸運內心為之一震。「任何一隻狗做出這樣違背良心的事要如何取得信任？」

幸運一陣退縮，無法直視甜心的眼神。他轉身望向貝拉。一開始是她出的主意要幸運監視荒野狗幫，幸運不過負責執行計畫，以為自己能夠想出辦法讓所有的狗共享獵物與領地。當初他根本不願意答應，要不是在妹妹的堅持之下，他才會成為間諜。

貝拉表情冷冷望著他，保持緘默。

「貝拉？」他問。只見貝拉低下了頭。**她在做什麼**？

在場其他狗也只是站在原地，望著自己的腳。就連小黛西也也不敢凝視幸運，只在幸運身旁發出嗚咽。

他們全都選擇跟艾爾帕站在同一陣線……就連拴鍊犬也如此！

他們的遺棄刺痛幸運的內心。原以為共同經歷過苦難，其中會有幾隻狗對他展現忠誠，卻得不到應有的回報。

他迅速與貝拉交換眼神，她的神情哀傷，卻一臉嚴肅。

接著，幸運只能不發一語，掉頭離開眾狗，攀登上石頭，折返回去森林。

他或許能夠找到路或是另一片平原。追逐野兔，喝溪水，找到一處溫暖、乾燥的地方棲身。

我將再度恢復自由之身，他對自己說，想要搖搖尾巴，尾巴卻垂了下去。**我不是一心想要追求自由**。

從前，他曾有過這樣的嚮往，眞心盼望，如今這些字眼卻只在他的內心迴盪。難道現在他已經跟拴鍊犬一樣，懷抱同樣的願望——渴望同伴、友誼……與狗幫共同生活？

他對自己說。**事情向來沒變，我憑藉著自己的力量，不需要掛心狗幫**。**我是一隻真正的獨行犬**。

幸運發出低吠，踩著步伐，登上高地的樹林，明白這些想法不再代表任何意義。

如今，他稱不上是隻獨行犬。不再是了。

而是一隻流浪犬。

第五章

幸運重返森林前，太陽已經高掛天空。頭頂簇擁著高聳的樹林，微風吹著枝椏。地勢緩緩上升，森林爬過湖岸遠方。他聽見矮樹叢傳來的腳步聲，鳥兒在他的頭頂啁啾。他的肚子餓得一陣翻攪。他知道自己絕對抓不到鳥兒。在森林裡跑跳的小動物對他來說速度太快，他們在樹葉與藤蔓的遮掩下，難以尋覓。他必須來到空曠地，才有機會加速。

森林之犬請幫我想辦法找到東西吃，尋覓一處安全的通道……

幸運不禁反問自己，**安全的通道要通往何處？我根本無處可去**。

他離開眾狗，卻沒有真正想過要往何處去。他試著告訴自己生來就要成爲一隻獨行犬，如今他才了解獨行犬在森林和在城市生存是截然不同。身在城市，獨行犬可以有許多選擇，總有地方可以遮蔽，長爪從不停止在垃圾箱內塞滿丟棄的食物。而現在森林裡環境卻十分不同。唯一的遮蔽處就是樹蔭，而且到處都看不見塞了食物的廚餘桶。

獨行犬在城市裡循著幾個活動範圍遊走就可以活命，在森林裡卻辦不到。幸運頓時了解自己無處可去，憤怒與害怕令他毛髮豎起。

他朝森林的深處前進，穿梭在樹叢之間，聽到潺潺水聲與水的氣味。他用頭撥開糾結的矮樹叢，來到一處河岸，拴鍊犬曾越過這條河，潛進荒野狗幫的領地。幸運上前一步，聞聞空氣中的潮濕氣味。空氣中帶有甜味與清新的泥土味道，而沒有讓布魯諾生病的綠色黏稠物。他凝視著河水，短暫地以鼻子輕觸，河水冰涼、清澈。水流深處有銀色的魚在急游，看起來非常美味，卻無法觸及。

清澈的水令幸運感到滿足，於是飢渴地大口喝起水來。一喝足了水，他便坐在河岸邊，舔著腳掌，思索事情。

麥基十分確定長爪已回返家園。如果他說得沒錯，這意味幸運就能像從前那般到處翻找食物，而不必在雜草中追逐野兔！

幸運知道要如何在城市過活。如果急趕直追，說不定可以趕上麥基。這個念頭令幸運大感雀躍，專注於思考下一步的動作。抵達城市的其中一條道路便是攀登過山，穿過荒野狗幫的舊營地。如此一來，他唯有沿著濃霧下方的路徑才能抵達。儘管那道盤旋在天空的濃霧如今已落到樹叢後方，卻仍舊能夠燒灼觸鬚且味道刺鼻。

另一條通往城市的路徑便是越過河水。幸運望著溪水衝擊石頭，不斷激起的白色泡沫。他不禁想起瑪莎擁有河水之犬般的天賦，不免感到胸口緊繃，尾巴下垂——真希望她此刻就在身邊。他很想念她以及狗幫其他成員，想到這裡他忍不住發出低吠，聲音彷彿在森林間迴盪。

在經歷過這一切之後，他們怎能如此背叛我？

幸運拋開他的孤寂，起身，走向河水，將其中一隻腳踩進溪流中。水流衝擊的力道立刻令他失去平衡。他趕緊縮回腳，朝後退。他不可能安然渡河，得尋求其他路徑繞道。

他想起拴鍊犬曾經由溪水的上游過河，於是開始循著溪水流過的路徑，尋覓水流平緩，溪水低窪的地方。此時，雖然口渴獲得舒緩，卻仍感到飢腸轆轆。

一隻蒼蠅在他的觸鬚前方嗡嗡叫，他忍住想伸出爪子朝它一撲的衝動。事情應該不會這麼糟。他低下頭，將鼻子湊近落葉堆裡，用嘴叼起幾片葉子送進嘴裡嚼。苦澀的味道刺痛他的喉嚨，止不了他的飢餓，不過至少可以分散他的注意力。

烏鴉的粗嘎叫聲令幸運嚇了一跳，他的頭朝天空一望，想起在荒野狗幫營地時，曾在他頭頂盤旋的黑色烏鴉。閃著微光的羽毛消失在枝椏的上端，但是幸運的目光卻被天空中的東西所吸引。

有毒的濃霧飄得更近，像一灘黑色的血閃著光。他聞到一陣刺鼻的氣味，味道像從前在城市裡聞過。他現在才想起這氣味是從籠車身上所散發出來的，籠車經過劇烈纏鬥之後，其中一隻不支倒地，身上流出的血正是這個氣味。飄向空中的濃煙就跟這次出現的黑色濃霧一模一樣。氣味令幸運的胃部翻攪，一點都不像正常的味道。但是這回應該不是籠車彼此打鬥所造成，因爲黑色濃霧的範圍大多了。

濃霧的範圍似乎逐漸在逼近，幸運忍不住頸背發毛，喉嚨發出低吼，不過他將目光移開，繼續穿過森林。他愈快步出森林抵達空曠地，就能夠愈快遠離令人發毛的黑色濃霧。幸運低下頭嗅聞地面，想要抛開刺鼻的氣味。大口吸吮潮濕樹葉、苔蘚與青草的香氣，他開始感到放鬆。

接著，他聞到一股預期之外的氣味——另一隻狗！

幸運愣住不動，用力嗅聞。氣味十分熟悉。

崔奇！

幸運循著氣味前進，他的耳朵豎起，尾巴僵直。

不久，幸運透過厚重的藤蔓與蔓生的雜草窺探，瞥見了遠方的崔奇。他受著傷，瘸著腿，拖著步伐穿梭在樹叢間。他隱身在厚重的樹幹之後，從另一頭走出，繼續緩慢前進。

幸運內心不禁升起一絲憐憫。這隻可憐的狗比幸運早離開狗幫，如今趕了不少路，不過卻也需要長時間休息，恢復元氣，再繼續趕路。說不定有好幾回因爲腿傷的劇烈疼痛令他得緩下步伐。按照這個速度，他又得困在森林裡，至少多待上一天。

他要去哪裡？

幸運在灌木叢間窺看這隻垂耳犬。他想要發出吠叫表達身分，但又擔心崔奇不想被發現而發火。既然他趁狗幫熟睡中，在夜裡偷偷離開，肯定想要單獨行動？

這些疑問啃噬著幸運。他知道惹惱一隻帶傷的狗是件十分危險的事。但是崔奇很虛弱，他需要幫助。幸運小心翼翼跟蹤這隻獵犬，注意別靠得太近。他看見崔奇一瘸一拐走向落葉堆，最終停了下來。

幸運停頓不動。**他肯定聞到了我的氣味**。他等待著，但是崔奇依舊停留在原地，他倆隔著一段距離，幸運無從得知他的心思。

或許從側邊接近他會比較好，若從身後接近，顯得太過挑釁。

幸運沿著崔奇的左側，在樹叢間繞了好大一圈。

受傷的狗兒朝右側挪動了幾步，採取防禦的姿態。他的喉嚨發出低沉、充滿敵意的低吠。

他顯然想要獨處。難道崔奇不了解受傷的狗在野地毫無立足之地？少了同伴替他把風，他幾乎沒有存活的希望？

幸運又上前一步，但崔奇卻甩甩頭，轉過身，拖著腿傷，盡可能迅速消失於樹林間。他本來想要跟上去，但他能夠做什麼？他不能強迫崔奇跟他一起走。如果這是他的決定，幸運必須尊重，即使這意味崔奇恐怕因此喪命。

幸運只得轉身離去，尾巴無精打采地垂著，在林間找路。崔奇的味道不久便被樹葉與小動物的味道遮掩。

樹林間吹起一陣風，枝椏顫動，樹葉沙沙作響。太陽之犬跨過天空，留下一道深藍色的陰影。白色雲朵拉得長長的，空氣感覺潮濕。黑色濃霧奔馳在天空，宛如漆黑的湖泊。幸運忍不住發出一聲低吠，尾巴蜷縮在身體兩側。

森林之犬，我知道你在這裡，觀看著我一如觀看著森林的一切。趁著太陽之犬休憩之際，請保佑我的安危。

當他凝視著漆黑的天空時，幸運突然感覺到豆大的水滴打在他的鼻子上，另一個水滴落入眼睛，他不由得眨眨眼睛。他連忙朝樹下鑽去，躲在一棵大樹下，大樹的樹幹又大又粗，樹根盤根錯節，宛如一堆蛇纏繞其間。他瑟縮在樹根之間，找一個舒服的姿勢。

大雨開始迅速落下，雨水滂沱從枝椏與樹葉間隙落下，打在幸運的身上，他不斷舔著溽濕的腳掌。**他怎會淪落至此**？幸運不禁悲從中來。他拉長聲音，發出一聲哀嚎，將他的頭貼近地面。

豆大的雨滴打在幸運眼睛上方的額頭。跟落下的雨水不同，這個雨滴似乎就這麼停住。幸運突然感覺一陣溫熱與刺痛感爬滿他的皮膚。他發出吠叫，甩動他身上的毛髮，想要驅離莫名的炙熱感。他將腳掌遮住頭，剛好抬頭看見黑色的碎片落在盤踞的樹根上。碎片就這樣落在這裡，沉重而潮溼，空氣凝結在上面。它宛如黑色的雪花，與黑色濃霧同樣的顏色。

幸運望著更多黑色的雪花片片落在森林地面。碎片底下的青草因此枯萎，扁塌。幸運起身，心跳加速。

天空落下黑色雪花！究竟怎麼回事？

他突然感覺到一股強烈的燃燒臭味，像看不見火苗，竄進他的鼻子，令他眼淚直流。黑色雪花從森林的每株樹木落下來，滂沱大雨一開始阻擋了氣味，此刻幸運終於明白是怎麼回事。

黑色濃霧的氣味宛如致命的敵人朝幸運襲來。

看來謎樣的濃霧落下的不是雨水，而是奇怪的黑色雪花所凝結的腐敗水氣落下導致。幸運匍匐在地，只敢躲在樹叢下，避免雪花落入地面時碰觸到他。他甩動身體，不時發出吠叫，希望自己能離開這裡。

黑色雪花並未像雨水那般均勻落下。它們像帶著熱度的團塊旋轉、掉落，垂掛在枝椏，落在森林的地面悶燒。

幸運驚嚇得發出低吠。**黑色濃霧落到了地面**！

一大片灰燼落到地面，模樣看起來像是長爪在空曠地生火料理食物時，冒出的黑色濃煙。食物的味道令人垂涎，但眼前的濃煙卻十分不對勁，味道刺鼻、不自然。

會是火苗造成這樣的黑色濃霧嗎？

幸運凝視著落下的黑色雪花。如此一來，火苗勢必超乎想像的大。地點在哪裡？這些黑色濃霧究竟從哪來？

他想起麥基深信濃霧像是長爪的模樣，指引狗兒回家的方向。艾爾帕則是確定濃霧的外形像發怒的天犬。此時，幸運很肯定他們都說錯了。

黑色濃霧應該與大咆哮有關，而且與崩落的地面、霹靂作響的天空，以及有毒河水、刺鼻的氣味都有關聯。如果真的有什麼徵兆，情況一點也沒有改善：大咆哮發生後，世界一如往常般危險。

他突然了解這一切。**長爪並未返回家園，城市將如同我們離去時的模樣，頹圮依舊**。

他的腦海中出現麥基睜大了眼，充滿希望的表情，嘴裡老叼著主人的棒球手套。

不知他抵達城市了嗎？他返回城市之後將何去何從？他是否會跟艾菲一樣回去主人的家？他可能會被有毒的氣體嗆死，被倒塌的牆壓死。即使他安然無恙，要如何存活下去？沒有食物可吃，沒有乾淨的水源可以飲用。葬生於此的動物與長爪又該如何是好？幸運不禁渾身發顫。

可憐的麥基，帶著棒球手套，保持它的完好，對主人忠心耿耿。他同是拴鍊犬的一名好友，總是支持著幸運。幸運被逐出狗幫跟他一點關係都沒有，他甚至不明白事情的始末……

我不能留他單獨面對這一切。

幸運衝出樹叢底下，轉身閃躲著落下的黑色雪花。他盡可能加速奔跑，腳掌踩踏在濕軟的地面。棕色的泥濘凝結在他的身上，身上的毛髮被雨水打溼，但是他卻興奮地發出吠叫。他現在有任務在身，找到了離開森林的理由，前往城市。他找到了目的地。

他必須盡快找到麥基。

第六章

幸運嚥下最後一口兔肉，心滿意足地打著哈欠。填飽肚子後，他滿懷著感激表達他的感謝之情。**森林之犬，感謝您總是看顧著我。兔肉十分美味。**

幸運抵達空曠的平原野地時並不期望會捕捉到任何獵物，但是他在樹叢間找到一處狹小的空地，可以凝視著天空。或許他也應該向黑色濃霧致上謝意。

幸運舔舔嘴唇，提醒自己不能寄望可以再次獵捕到野兔。他不得不承認獨自獵食困難多了，特別是樹幹與枝椏阻擋了去路。小動物們有許多藏匿處可以躲藏。

至少，大雨停止，黑色濃霧驅散成細小的漂浮灰燼，在頭頂形成一片黑。幸運等不及要離開森林。

他在樹叢間匍匐前進，登上陡坡時，天空逐漸變得晦暗，太陽之犬緩緩步下天空。最後，地面變得平坦。幸運不禁感到喜悅，平坦地面肯定意味著他更靠近城市，他會在那裡找到麥基。

然而，他的頸背忍不住一陣發毛。他感覺到這裡似曾相似，但是他想不起來。灰燼殘留的刺鼻氣味遮蔽了他的感官與記憶。他試著不去仔細研究背脊發毛的原因。

他需要不停趕路，即使太陽之犬已經休憩。他朝河水前進，越過落下的樹幹。

龐大的黑色濃霧籠罩在幸運面前，刺鼻的氣味立刻撲鼻而來。幸運發出低吠，轉身避開。腳底踩在落葉上一個打滑，撞上一個低矮的樹枝，上頭覆蓋著厚重的灰燼。經過撞擊，灰燼開始大片崩落地面，宛如黑色雪花般層層落下，味道刺鼻難聞。

幸運轉身，朝反方向爬行。他會找到其他越過河水的小徑。

登上陡坡時，他的寒毛再度豎起。他的尾巴僵硬，耳朵下意識豎高。他幾乎要聞出味道的來源，一陣熟悉、充滿危險的氣味……

他咒罵黑色灰燼的強烈氣味遮蔽了其他氣味。再往上攀爬，幸運驚訝自己所處的位置。一陣氣味撲鼻而來，觸目所及的事物勾起他的回憶，他認出山丘與腳下的山谷。他立刻感到背脊一陣發涼。他明白到自己接近猛犬的窩巢——距離比他所想還要近。他想起這群殘暴的狗軍團，體格結實壯碩，耳朵尖尖，黑色毛髮光滑。他藏匿在令人發毛的狗花園內，望著他們巡邏自己的地盤，儘管當初以智取，逃離猛犬的巢穴，他可不想要再跟他們見面。幸運的胃部一陣翻攪，愣住不動。

他聽見遠方傳來的吠叫聲，深沉且充滿不祥的預感。他低下頭嗅聞，試著排除灰燼的氣味。接著，他聞到了血漬的味道。

這令他不得不忽略想要奔逃的衝動，他必須查清楚這裡究竟發生什麼事，不能自顧自地逃命。他小心翼翼回頭張望。要是猛犬發現圍欄上的洞，他能否有機會逃走？要是他們巡邏的範圍遠至森林的陡坡？說不定其中幾隻猛犬此時正虎視眈眈望著他？

刺耳的嗥叫從山谷傳來，幸運忍不住一陣發顫。他小心翼翼待在上風處，緩緩走近猛犬的巢穴，希望灰燼的氣味能夠遮掩他的味道。

他花費數分鐘時間才抵達狗花園的圍欄，此時嗥叫聲已經停止。接著他又再度聽見嗥叫，這回距離更加接近，就在圍欄遠處。這些嗥叫聲聽上去像是遭遇痛苦的狗兒所發出的嗚咽，乞求對方的仁慈。幸運明白自己得保持距離，天知道一隻受了傷的猛犬會有多危險？

幸運沿著圍欄前進，豎起耳朵。他聞到圍欄內其他狗兒的味道。這群狗顯然知道其他夥伴的氣味。他們不是對外來者不在乎，就是有意讓他者受傷。不管如何，他們肯定不會對幸運大發慈悲。

腳底踩踏的樹枝突然折斷，幸運看見一隻猛犬的影子就在幾步之遙。是隻體格壯碩的公犬，有著粗壯的頸背，尖鼻子，他嗅聞著地面，左右擺動他的頭。

氣味是從圍欄外傳來！總之，猛犬自有辦法找到路。這隻猛犬究竟在尋找獵物，或是入侵者？

幸運屏住呼吸。**快跑！在對方發現你，示警之前！**

不必擔心受傷的狗會追上來，幸運堅定告訴自己。他盡可能安靜地後退，循著來時路，折返森林，提防爬坡時踩踏在腳底的樹葉發出聲響。只有愚蠢的狗兒才會在此逗留，等著被對方活逮。如果對方聞到他的氣味，猛犬肯定會將他四分五裂。

繼續朝城市前進。你應該幫助的是麥基，他才是你拯救的對象。

另一聲怒號從猛犬的巢穴傳來。幸運趕緊登上陡坡，朝城市的方向前進，內心不免感到一絲罪惡感。他突然想起幼時模糊的記憶。狗媽媽曾教他們分辨狼與狗之間的不同。狼群狡猾奸詐，狗兒高貴。狗兒絕不會任由另一隻同伴喪命。

抱歉，森林之犬，我想幫忙卻辦不到……請代我看顧另一隻猛犬。

他從未想過事情會演變至此。

幸運用力甩動身上的毛髮。他歷經夜晚的徒步行走，越過淺水處。河水之犬舒緩他頸背的痠疼，減輕遭狐狸咬傷腿的痛楚，冰涼的舌頭不斷舔舐傷處得到舒緩。沁涼的河水替幸運疲憊的肌肉注入一股嶄新的能量。他並不想要在這時候停下腳步，他必須繼續趕路，抵達城市。麥基或許已經抵達了，幸運腦中不禁出現他緩緩挨餓致死的畫面，卻拒絕離開，堅決守候著永遠不再返回家園的主人。

路程非常疲憊，一路上滿是低窪處與斜坡，樹木高聳。最後，幸運抵達森林的至高處。他停下腳步，四處張望。太陽之犬出現天空，在清晨投射和煦的光芒。白色的雲朵在天空飄動，空氣既潮濕又清新。

遠方樹頂的邊緣隱約出現波光粼粼的湖面。湖水盡頭是荒野狗幫棄置的領地。更遠處的崎嶇石堆則是他遠離的同伴。他不禁想起貝拉，他的妹妹，和其他拴鍊犬。他納悶他們要如何適應新狗幫的生活，希望艾爾帕別對他們太過苛刻。接著，他想起甜心那雙黑色的大眼。一想到她指控他背叛的眼神，他的胃部一陣翻攪……

他轉身朝空曠地前去，下方有層迭起伏的平原。這裡是拴鍊犬第一個領地，他們在這裡學習如何獵食與團隊合作。他替同伴們感到驕傲，儘管發生許多事，離開城市之後，他們一路走來也獲得許多。

幸運打起精神，向前奔跑，穿過樹林，來到開闊的草原，直到他看見長爪的高樓在天際線形成高低起伏的輪廓。當他步出柔軟、泥濘的草地，踩踏在堅硬，滿是裂縫的水泥路面，四周的高樓在他周圍聳立。

幸運進入城市時，放緩他的步調，聞著難聞的氣味，傾聽籠車發出熟悉的隆隆聲響。但四周卻安靜無聲。籠車在碎玻璃旁了無生氣站著，扭曲的口鼻下方留有乾污漬，長爪餵養他們喝的黑色液體如今成了汙漬一片。

籠車血流不止。

路面有許多裂隙，幸運得跳過難聞的蒸氣。沾有油污的水坑表面發出五彩顏色，太陽之犬如今高掛天空。

城市依舊頹圮，長爪們尚未返家。

再度返回城市的心情很複雜，腳底踩踏著堅硬的石頭。令他大感驚訝的是，他竟然已經習慣踩踏在柔軟的草地。他突然嚮往著從前四處遊走的舊生活，到處翻找食物，和朋友們閒逛，從不必依賴任何朋友。不可否認的是那些日子已離他遠去，或許，這樣也好。

他所離開的城市再也回不到從前，他無法繼續在這裡生活。

幸運在安靜的街道漫步，尋找拴鍊犬的家。雖然城市已面目全非，建築物仍看起來十分熟悉。房子前方草坪上的草長的幾乎跟幸運一般高，少了長爪的照顧，藤蔓爬滿圍牆。眼前的一切到處散置、頹圮。

他來到街道的轉角，這裡是大咆哮發生前，拴鍊犬居住過的地區。就像其他建築物那般，房子傾倒，前院由於疏於照顧雜草叢生。幸運隔著一段距離觀察，嗅聞空氣，納悶麥基的去向。他原本預期朋友會很開心見到他，但是卻遍尋不著農場犬的下落。

如果他不在這裡，會在哪裡？

幸運內心一沉。他現在該怎麼做？探索城市？不，這裡沒有值得他留戀的地方。也找不到任何一丁點食物。

幸運甩動身體，深呼吸，再次嗅聞空氣。麥基！沒錯，他十分確定：他的朋友就在近處。**但是為何我看不見他**？

幸運在地面的裂隙嗅聞，跟隨著味道前進，他的觸鬚動了動；最後，他在一輛籠車的陰影中瞥見一個黑白身影。麥基趴躺在這裡。農場犬身上的氣味與姿勢令幸運感到不安，他壓低身體前進，確保沒有任何威脅存在。

「麥基？是我，幸運。我來找你了。」

麥基的耳朵動了一下，目光卻盯著幸運身後的街道瞧。

幸運停頓一會兒。「怎麼回事？你在躲避什麼？」

「我沒有躲避！」麥基開口說。「我在等待。瞧。」

幸運跟隨他的目光望過去。街道的盡頭出現動靜——兩名長爪正爬出街角的房子。

眼前的長爪並不像他在城市郊區所見到的模樣，這兩個長爪沒有戴上黑色的面罩，穿著鮮黃色的毛皮。他們的身上的毛皮跟從前的長爪沒兩樣，只不過他們狼狽不堪，皮膚髒兮兮的。他望著他們拖出一個龐大扁平的物體，由乾樹皮製成，四條腿缺了腳。

幸運下意識退離籠車。這些長爪提醒幸運大咆哮發生前，他在街頭遊蕩時，曾見過他們的同類。不像多數長爪，這類人似乎並非集體行動。他們住在房子外頭，裹著粗糙、骯髒的毛皮。他們身上帶有一股餿味，老是不停自言自語，當他們接近其他的長爪時，總是被驅趕離開。

如今，這裡不見其他長爪的蹤影。

幸運跟麥基望著身上裹著粗毛皮的長爪，從屋內抬出一堆東西，堆疊在雜草上。他們動作粗魯放下這些東西，其中一個長爪朝人行道啐了一口痰。幸運見到他的唾沫呈黃色，嘴邊還有黃色的泡沫。他的臉龐枯瘦，臉色黃黃灰灰的，幸運見到他骨瘦如柴，知道飢餓肯定令長爪發狂，他從沒見過如此飢腸轆轆的傢伙。

狗兒最好跟他們保持距離。

長爪們繼續動作，推開下一戶人家的門，大踏步進去。幸運聽見拖拉與碎裂的聲音。

麥基的喉嚨發出低吼，他壓低背脊，耳朵平貼，默默觀察長爪的一舉一動。「他們的模樣看起來真令人作嘔。」他開口說，微微挪動身體，依舊趴躺在籠車旁。「他們最好別靠近我的主人家，想都別想！」

幸運並不確定這些長爪在想些什麼。他們根本找不到吃的，尤其在發生這一切之後。他保持警戒望著麥基看著長爪進出每戶房子，出來時，搬出一些家當。

他們愈來愈靠近麥基的舊家。

他們似乎比起一般長爪更加……狂暴。他不免想起其他拴鍊犬，以及他們如何掙扎著活命。那些沒在新世界學會求生技能的狗肯定會餓死。那些遭遺棄的長爪肯定面臨同樣的處境，他們被其他有能力離開城市的長爪所遺忘，如同遭主人遺棄的家犬。

麥基站直身體，後腿顯得有些僵硬。他發出低吼，望著長爪在他的主人屋前駐足。他倆彼此叫囂，其中一隻長爪彎身向前咳嗽，另一隻則倚在牆上。

「麥基，別輕舉妄動。」幸運壓低了聲音說。「這些長爪很危險，你不知道他們會做出什麼事。」

麥基倏地轉身。「我有責任守護主人的家園。」他的耳朵抽動了一下，瞇起眼。「你不會明白的。大咆哮發生前，你是隻獨行犬。總之，你在這裡做什麼？我以爲這陣子你成爲狗幫的一員。」

幸運覺得有點受傷，不過他繼續往下說。「你的主人早就棄你而去了！」

「這裡依舊是他們的家，」麥基咆哮。「也是我的。我這一生誓言守護家園，必須阻止這兩個竊賊！」他轉身面對長爪，大聲發出吠叫，耳朵平貼在側。幸運嚇出一身冷汗，不過長爪們完全無視麥基的存在，繼續站在屋前彼此叫囂。

其中一名長爪踹開大門，兩人便同時進入屋內。麥基對幸運投以絕望的眼神。

幸運明白這件事對他的朋友意義重大。「好吧……跟我來，跟著我的動作。」他指示。他齜牙咧嘴，露出牙齒，麥基跟著照做。長爪們在屋內的房間穿梭時，幸運站在門口大聲嗥叫。其中一隻看了他一眼，但兩隻長爪並未停止動作。

麥基再度發出吠叫。「他們根本不理會我們！我們應該讓他們好看！」

「相信我。」幸運力勸道。他記得大咆哮發生前他認識一隻尖鼻子金毛犬，儘管體型嬌小，卻總能把路過的長爪嚇得半死。他並非叫得特別大聲，或是跳得很高，而是直挺挺站著，發出吠叫。訣竅在於得露出一副自信滿滿的模樣。

長爪不知道狗兒在打什麼主意，這點就足夠嚇壞他們。

麥基聽明白後，著實令幸運大感驚訝，他齜牙咧嘴，不斷咆哮。他倆進入屋內，走近一個小房間，長爪們正忙著搬運東西。他們站在房間入口處，動也不動，壓低喉嚨，發出低吼。

長爪們再次瞥了他們一眼，停下手邊的動作。其中一隻朝空中揮舞手臂，開始朝狗兒發出吠叫。幸運站直身體，麥基也跟著如法炮製，四肢挺直，不斷發出吠叫。

長爪們彼此叫囂。近距離觀察下，幸運見到他們的嘴邊流著黃色的唾沫。嘴唇有綠色斑點，不禁想起那條害布魯諾生病的有毒河水。這個驅趕他們的長爪，下巴長出的粉紅色疥癬已經化膿發炎。他朝後退一步，不過另一個長爪則拿著一個深碟子朝幸運揮舞。幸運的背脊發毛，渾身震顫，腳底霎時冷汗直冒。儘管如此，他依舊直挺挺站著。長爪將碟子一丟，只見碟子飛過幸運的頭頂，砸在牆壁上，摔個粉碎。幸運打個寒顫，依舊繼續吠叫，麥基只有叫得更大聲。

低沉的呻吟令幸運豎起耳朵。這房子會說話！他的身體一陣緊繃。是房子在動嗎？會不會塌下來？

長爪們拚了命將瓷器丟往他倆。幸運感覺到麥基僵住不動，一副想要猛衝向前的模樣，不過當重物擊中他的耳朵時，他仍不動聲色。幸運大感佩服。

「你做得很好！」他對麥基說。「你讓他們渾身發毛！」

他的夥伴開心地搖擺著尾巴，堅守立場，繼續吠叫。

幸運見到長爪們彼此交換眼神，神情緊張，緊貼著小房間的牆壁。接著，房子大聲發出咆哮，大片灰塵從他們的頭頂落下。其中一名長爪開始咳嗽，幸運仍對著他們發出吠叫。

「快滾出這裡！這裡可不是你們的地盤！再不走看我們怎麼收拾你！」

他的吠叫聲在小房間內迴盪，揚起更多的灰塵，宛如白色的布幔。

長爪嚇得貼緊牆面。幸運聞到他們身上散發的恐懼，感到一陣滿足。

他知道長爪不會對他們採取行動，而會趁機拔腿就跑。他轉身叫喚麥基，但腳底的地板開始發出震顫，房子再度發出咆哮。一陣巨響之後，其中一面牆裂開一道長長的裂縫，向上延伸，落下更多灰塵與碎石。

長爪驚嚇得大聲呼叫，拋下他們搬出的物品，彼此推擠，爭相衝向大門。他們匆忙越過幸運與麥基，跑出室外，咳嗽不止。

幸運急忙推擠麥基。「我們得趕緊離開！」他大喊。

麥基睜大了眼睛，環顧屋內。

「但是我的主人……」

「快走呀！」幸運咆哮道。

一陣刺耳的斷裂聲響傳來，房間其中一側開始往下陷，天花板劇烈搖晃。

房子正在塌陷！幸運心想。

第七章

幸運與麥基衝向室外，越過馬路，奔往另一戶長爪前院的草坪。他倆倏地轉身，及時見到麥基主人家的其中一面牆扭曲變形。牆面鋼筋外露，碎片崩落在前院的草坪上。撕裂與斷裂聲不斷傳來。扭曲的牆面朝內倒塌，壓垮屋內的一切。麥基六神無主焦急轉圈，渾身發顫，絕望地發出吠叫。

幸運見到同伴發狂的表情，急忙喊道，「不！退後！你的主人早就離開了。」

麥基倒臥在地，身體發出急喘。「我知道。」他發出嗚咽。「但……我必須守護家園！」

幸運舔舔夥伴的鼻子。「沒有家園值得你守護了。」他安撫對方。

「你的主人早就逃命去了。」

碎裂聲響又再出現，前門朝前崩塌。斷垣殘壁不斷落下，阻擋去路。

「再多停留一會兒時間，恐怕連命都沒了。我們倆誰也別想活著。」

麥基點頭同意。他倆趴躺在草坪上，氣喘吁吁。崩塌聲響暫時止息。偶爾傳來幾聲碎石落下的聲音，建築物四周揚起一片白色煙塵。

麥基毫無預警跳了起來，仰天長嗥：「善良的長爪全都離開了！再也不回來！留下的只有那些壞心腸的傢伙！」

麥基走了幾步，再次嗥叫，向離去的主人喃喃自語。「你爲什麼離開我？我從沒離開過你！爲什麼拋下我？」

幸運緘默不語。**讓他發洩吧**，他心想。

麥基的咆哮聲愈發響亮。「你讓我到樓上的房間，呵護著我……帶我到大花園，我們一起遊戲……我獨自守候在家園等候你……想著我的主人。你爲何不帶我一起離開？」

最後，黑白狗安靜下來。倒臥在草地上，垂下頭，眼睛依舊盯著房子。

「我認爲他們會回來。」他低聲說著，耳朵抽動一下。「我們挑戰壞心眼的長爪，齜牙咧嘴，發出咆哮，嚇走他們。我聞得到他們內心的恐懼。這件事從未發生過。我從沒威脅過任何一隻長爪。」

「大咆哮發生後，世界出現轉變。」幸運說。

「的確。大地不僅滿目瘡痍。」麥基的口吻顯得悲傷。「也改變了狗兒。」他嗅聞起土地。「地犬，你發生什麼事？」他抓扒地面好一會兒時間，然後嘆了一口氣，接著他閃著黑色的眼睛望著幸運。「我不該離開狗幫，返回城市。我現在明白我們只能彼此依靠。」麥基偏斜著頭。「幸運，很抱歉你剛抵達這裡時，我對你的態度並不友善。對付這些恐怖的長爪時，你的方式的確令我大感驚訝。我很高興見到你……但你怎麼會出現在這裡？難道你也離開狗幫了？」

幸運撇過頭，目光越過他的同伴，望向頹圮的屋舍裡瀰漫的灰塵。

「我不得不離開，麥基。」幸運回想艾爾帕如何逼迫他離開，令他不寒而慄。沒有任何一隻狗挺身而出反對狼犬，就連拴鍊犬也不敢表態。他現在實在不想要談論這件事。

「我知道，你是隻獨行犬。」麥基說。「但你跟我們一樣也得仰賴長爪。他們全都走光了，獨行犬不也沒地方可去了嗎？狗幫現在成了我們的家人，我們必須回去，幸運。我們必須向他們認錯。」

幸運嚥了嚥口水，感覺喉嚨乾渴。他慶幸麥基終於決定離開死寂的城市。麥基跟著狗幫很安全。但是幸運再也無法返回狗幫，內心不禁感到悲痛。

「你說得對，這地方不適合任何一隻狗。」他回答。城市已經遭受毒害，沒有任何生命能夠在這裡久留。

麥基望著幸運，他的深色眼瞳閃爍著光芒，尾巴拍打地面。「這裡距離狗幫不遠，幸運。我們倆的速度夠快，不是嗎？如果趕路的話，隔天夜裡就可以抵達。」他舉起腳，氣喘吁吁。

麥基的臉上充滿喜悅，幸運不記得上回什麼時候見到他的笑容。**他如此高興的原因，是他不再感到失落。他最終接受了主人不在的事實。我現在不能告訴他我被狗幫強制驅離的事。**

幸運起身。「如果你眞想要返回狗幫……呃，我可以陪你走上一段路。」

麥基興奮地發出吠叫，舔著幸運的耳朵。

「不過，我不會回去狗幫了。」幸運迅速補充。

麥基開始來回跳躍。「是不能，或是不願意？你什麼時候才要停止假裝你可以自己過得很好？你知道自己跟狗幫的夥伴們生活得安全又快樂！」他戲謔地輕咬幸運的耳朵。「你顯然屬於團體生活。狗幫需要你。多虧你伸出援手，我們才能活到現在。」

幸運不做回應，卻善意地推擠麥基的頭，很高興見到同伴恢復好心情。他沒想到他這麼快就能夠從傷痛中復原。

我做的這一切無非為了確保他的安危，幸運心想。**可不能浪費機會破壞一切**。「我們走。」幸運顧不得自己，甩動他的尾巴。

麥基開心地叫著，推擠幸運，兩隻狗在雜草堆中打成一片。接著，幸運動身，沿著小徑，離開城市。

「等等！」麥基喊道。

幸運轉身，豎起耳朵。「怎麼回事？」

「沒事。只是有件事必須完成……」

幸運望著麥基消失在籠車後方，他正是在這裡看見黑白犬直盯著他的主人家瞧。不一會兒，麥基現身，嘴裡叼著棒球手套。手套早已磨損不堪，外皮脫線，內裡外露，麥基卻視它為最珍貴的東西。他的尾巴停止搖擺，神情嚴肅走向主人家。幸運正想要阻止他，只見麥基停在前院的草坪前，草坪如今滿佈白色的塵埃。

他靜默數分鐘，望著頹圮傾倒的屋舍。接著，小心翼翼越過草坪，揚起一陣灰塵，然後將手套置於破損的前廊。舔舔手套，清除上頭的灰塵與泥土。接著朝後一退。

手套恢復乾淨的樣貌，像隻受傷的小動物躺在殘堆瓦礫中。麥基似乎在對它自言自語。「我現在要離開了。我得把你留在主人家，跟著狗幫一起在野地生活。事情有了轉變，這個世界沒有了長爪，狗兒們得自立自強。」

麥基望向幸運。他低下頭以示尊重，他不明白農場犬的感受，他從未跟長爪建立如此緊密的關係，但如果遭主人遺棄的麥基仍誓言死守家園……或許他們不全然是壞人。

麥基繼續往下說：「如果你們返回家園，就會看見棒球手套擱在這兒，這是主人你給我的東西。是我最心愛的玩具，每當我把玩著它，就會想起主人。這個手套證明我回來找過你，我從未忘懷你，或停止愛你。」

麥基轉身離開這個他曾經稱之爲家的地方。幸運明白這一去，他再也不會對它加以留戀。幸運領著路前進，堆滿落葉的街道上橫躺著許多籠車。麥基跟在後頭走著。他們走在路中央，避開發出呻吟的屋舍，那隨時都有傾倒的危險，像麥基主人家的房子那般。**我們必須盡快離開這裡**，他心想。

幸運豎起耳朵，傾聽建築物發出的咆哮與呻吟。遠方出現的隆隆聲令他大感驚訝，聲音並非自街道或是地底傳來，而是頭頂上方的天空。他睜開眼睛，搜尋烏雲。天空晴朗湛藍，前一天晚上的大雨讓空氣格外溫暖。就連烏雲也不見蹤影，有毒的灰燼落在黑色的池子裡或是覆蓋在森林的樹梢。天空卻仍舊隆隆作響，幸運帶著憂愁望著麥基。

「打雷！」麥基面露恐懼。「天犬又在發怒了！」

幸運需要麥基保持冷靜，他轉身嗅聞空氣，卻十分乾燥。「我不這麼認為……」幸運頸背高聳，耳朵抽動，想要聽明白隆隆聲響是怎麼回事。

麥基的尾巴僵硬。「那是什麼？」

幸運倏地轉身。崩塌的建築物上端出現籠車一般大小的龐然大物，在天空來回擺動。是鳥嗎？當他與麥基瞪大雙眼時，另一隻鳥跟著出現，向下俯衝，在屋舍上方盤旋，怒氣沖沖俯衝而下。巨大的雙翼在頭頂打轉，繞成圓圈，展翅飛翔時，發出雷聲般的聲響。

「我不喜歡這樣。」麥基低聲說著，他迅速眨著眼睛望著路面。「我們應該離開這裡。」

「等等。」幸運說這話的同時，幾隻大鳥從他們的頭頂盤旋而過，掀起的強風，吹落樹木的葉子，兩隻狗身上的毛髮飛起。令幸運大感吃驚的是，他看見這群大鳥很不尋常。他們的身體閃閃發亮、光滑，身體兩側皆有很深的洞口，內部的情況瞧得一清二楚。

幸運清楚見到大鳥肚子裡的模樣！

他拉長了頸子，裡面似乎有黃色的身影在移動。那顏色……似曾相似。

是長爪！

長爪們被困在大鳥的身體裡！這怪異的一幕令幸運想要瞧仔細他們在看什麼。幸運此時才清楚見到這些充滿敵意的長爪身著鮮豔的毛皮，在大鳥的肚子裡來回走動，彼此咆哮。

麥基肯定同時見到了同樣的景象。「長爪！」他大喊，「那隻在做什麼？」

第一隻出現的大鳥身體裡，有個長爪緩緩朝向大鳥閃亮的側腹前進。他的身體有一半掛在半空中。大鳥側往一邊，協助長爪懸掛在頹圮屋舍的上空，他指著方向，向其他長爪說話。

幸運感到丈二金剛摸不著頭腦。「他們在找尋什麼吧……我想。」

「找什麼呢？」麥基問。

如今一共出現三隻大鳥——三隻大鵬鳥，呼呼作響地飛，羽翼掀起四周的風。其中一隻大鳥向下俯衝，長爪依舊垂掛在腹部的洞口間。其它大鳥則朝向城市前進。幸運清楚見到那些身穿鮮黃色毛皮的長爪們把臉貼在大鳥的腹部。

狗兒們不免感到畏懼，身上的毛髮被吹得服貼，大鳥旋轉的羽翼捲起的強風令他倆忍不住眨起眼睛。其中一隻大鳥持續在天空盤旋、搜索。他們究竟在找什麼東西呢？

霎時，三隻大鳥同時間轉向城市的郊區。他們壓低身子飛行，最後消失無蹤。

「他們將要降落在森林！」幸運在逐漸消隱的隆隆聲中大吼道。「我認為我們應該跟蹤他們，看他們想做什麼！」

麥基不情願地說：「要是他們看見我們怎麼辦？幾隻大鳥載著有點恐怖、身穿黃色皮毛的長爪。他們十分危險，幸運。」

「我們會保持一定的安全距離。」

「你難道不記得他們如何朝我們咆哮？還猛踢黛西嗎？」

幸運當然記得。他望著大鳥的身影愈飛愈低，直到最後消失於建築物的後方。

「我們不會靠近長爪或是這些大鳥。但是不去理會他們對我們沒有好處。我們必須查明他們在尋找什麼，弄清楚他們是否會對我們構成威脅。或許能夠提供我們找出其他長爪下落的線索。我們必須冒險一試。」幸運說道。

麥基睜大了眼，黑色耳朵低垂。

「如果你確定要這麼做……」

幸運望著天空好一會兒時間，儘管此時已經不見那群大鳥的蹤影。

「我們必須這麼做。我們必須查明他們的目的！」他沿著小路前進，麥基則緊跟在後。他們踩踏在城市的硬石子路面，準備返回森林。

第八章

兩隻狗匍匐在地，荊棘與雜草刺著幸運的腹部，他們穿過矮樹叢前進。他聽見巨鳥發出的隆隆聲響，濃密的樹葉遮住他的目光，看不見大鳥的蹤跡。

「我不認爲這是個好主意。」麥基抱怨。

經過夜晚的長途跋涉，他們逃出長爪頹圮的屋舍，幸運此時已經感到精疲力竭，他已經沒有力氣繼續爭辯。他目光銳利地看著麥基，黑白犬只得低下頭，順從地緊跟在後。

儘管看不見巨鳥的身影，但還是能清楚辨別他們的位置。他們發出的巨響，嚇得森林裡的野生動物們四處逃竄。

幸運領著麥基穿過低矮的樹籬，跟隨一群飽受驚嚇的動物們踩踏過的路徑前進。走出空地之後，狗兒們見到金屬大鳥停妥在草坪上。颳起的強風吹彎了四周的樹枝，打落一地的樹葉。幸運與麥基壓低身子，強風與滿目瘡痍令他們瞇起了眼。大鳥的羽翼逐漸緩和不動。

「你認為這是怎麼回事？」麥基問。

狗兒們蹲在樹籬後面觀察，身披黃色毛皮且令人發毛的長爪紛紛從大鳥的身體內走出。他們朝森林前進，帶著一張怪模怪樣的筆直擔架。

「那東西看起來很像長爪們的睡床。」麥基說。「除了缺少舒適的厚重毛毯。這玩意兒做什麼用？」

幸運只是搖搖頭，就連他也不明白。

大鳥們停妥在草坪上休息，旋轉的羽翼逐漸變緩，四周的空氣也逐漸和緩。長爪們的尖聲喊叫劃破空氣，麥基忍不住發出吠叫。身著黃色毛皮的長爪們進入森林之後再度現身，擔架上抬著第三名長爪。

即使隔著一段距離，幸運仍看得出被抬出的長爪很不對勁。他的身體扭曲，倒臥向一邊，身上的毛皮就跟其他長爪一樣呈鮮黃色，只不過唯一不同的地方是他的臉暴露在外，嘴角吐出黃色的泡沫，膚色蠟黃。幸運聞到了空氣中傳來的血腥味。

「那隻長爪受了傷。」他告訴麥基。

他倆躲在樹籬後頭繼續觀察。只見長爪趕忙將受傷的夥伴送往停妥的第一隻大鳥體內。

麥基忍不住感到驚恐，「眞可怕！這隻野獸竟大得能夠吞下一整個長爪。他們把虛弱的夥伴拿去餵養大鳥。」

「我並不確定……這麼做會傷害那名長爪。」幸運的尾巴抽動，觸鬚挺直。長爪們跟著鑽進大鳥的腹部，他們選擇返回巨獸的肚腹，幸運心想。「我不明白究竟是怎麼回事。」他坦承道，「或許我們應該採取行動。」

「好，就這麼辦。」麥基感覺鬆了一口氣。

幸運繼續盯著大鳥瞧了一段時間。他眞希望自己可以搞清楚這一切，長爪們爲何總是如此神祕？

他豎起耳朵，倏地轉身，聽見身後不到六步之遙，出現劇烈的沙沙聲響。他見到一個鮮黃色的身影。

「是長爪！」他盡可能壓低聲音說，試著不去引起對方的注意。「其他大鳥體內走出幾個長爪。」

他們在高聳的雜草間穿梭，趴倒在地好像在找尋什麼，愈來愈接近幸運與麥基。

麥基站在幸運身旁不斷抓扒著地面，眼睛睜得好大。「我們趕緊離開這裡。」他哀求道。

幸運迅速點頭回應，他們壓低了身子，在樹籬間穿梭前進，返回森林。幸運想起森林內還有數名長爪並未被算在內。他們必須謹慎為宜。

兩隻狗兒小心翼翼地穿過濃密的樹林，踩過繁茂的矮樹叢和一堆藤蔓。一旦幸運認為與黃色毛皮的長爪相隔一段安全的距離之後，他便開始加緊步伐。為了避開先前遭遇到的惡臭濃煙，他在林間找到捷徑，找到新的路線，繞路前往水流和緩的河岸。他已經聞到了河岸邊潮濕的泥土氣味。他們可以因此渡河，與這一群不尋常的長爪們保持距離。

當幸運他們抵達河岸邊時，巨鳥再度發出可怕的隆隆聲響，儘管相隔一段距離，巨鳥掀起的強風仍足以吹倒樹枝。不一會兒，大鳥朝空中飛去，在森林上空盤旋，令人備感威脅。最後朝城市的方向前進。

麥基壓低聲音說：「眞希望知道他們此行的目的，萬一又再返回……」

狗兒們站著凝視大鳥消失在地平線上。

他倆繼續踏上前往森林的旅程，麥基轉身望向幸運。「自從大咆哮發生之後，我所知道的一切全都有了重大的改變。」

幸運發出吠叫予以回應。他一直想要弄清楚剛才見到的情景。

這些大鳥究竟從哪裡來？為什麼降落在森林裡？長爪似乎在找什麼東西。幸運忍不住向後回望。**這群長爪全身披著恐怖的黃色毛皮，像是同一個團體，陣仗卻如此……龐大。長爪們向來是以小團體行動，最多四、五人左右。或許大咆哮發生之後，長爪們的處世原則也出現改變。**

幸運不明白自己爲何緊張，寒毛直豎。

麥基繼續往下說：「善良的長爪們全都一個個離開，留下來的全是披著黃色毛皮的可怕長爪。他們壞心腸，懷有惡意，老是彼此叫囂。」他難過地垂下了耳朵。「我們拴鍊犬全都沒有想過會加入狗幫，現在卻認爲只有狗幫可以讓我們生存。」

幸運明白農場犬這番話的用意。

「我離開狗幫了，麥基。」他默默說著。「再也回不去了。」

「爲什麼不行？」麥基說，「我不是也離開了，只要我們跟貝拉好好談……」

「我們該擔心的不是貝拉。」幸運壓抑激動的情緒，忍不住想起艾爾帕。幸運很想要正面迎戰這隻傲慢的狼犬，卻知道自己站不住腳。面對未知，艾爾帕或許顯得退縮，但他知道如何打鬥與殺戮。

「艾爾帕會原諒我們的離開。」麥基說明。「我們都是優秀的獵犬，能夠擔負巡邏的任務。你的嗅覺比任何一隻狗還要靈敏……」麥基停頓了一會兒。「你難道不想念大夥兒？」

幸運轉身面對小徑，一棵傾倒的樹幹阻擋了去路。他明白兩隻狗幫結盟勢力勢必大增。他很懷念他們，但他卻垂下尾巴，陷入沉思。

「你可以去，麥基，艾爾帕會答應。但不包括我……」

黑白犬沮喪地發出吠叫。「你真是固執，幸運！你什麼時候才願意承認自己不再是隻獨行犬？你屬於狗幫，我們都是。我們彼此相互需要！」

我何不乾脆告訴他我被艾爾帕驅逐狗幫？沒有一隻狗為我挺身而出，試圖改變領袖的想法？

但是幸運卻一時語塞。他的尾巴低垂，感到羞赧。他不希望農場犬知道他被其他狗背叛的事。

麥基是我的好友，幸運對自己說。**他不會因此評斷我。如果我向他解釋這件事他會體諒我。**

就在他抬起頭，準備將事情的來龍去脈告訴麥基時，他突然聞到一股嶄新的氣味。

毛髮……與皮膚散發的味道。

是另一隻狗！

幸運愣住不動，頸背高聳。會是崔奇嗎？或許可以說服他加入兩人團體，跟幸運與麥基一起旅行……只不過一陣風吹來將氣味吹散。或許只是飄散不去的陳舊氣味。

「你爲什麼停下來？你聞到了什麼？」麥基問。

「沒有。」幸運回應，越過傾倒的樹幹，一路向著河岸奔去。「我想應該沒有。」

抵達河邊時，他倆氣喘吁吁。在太陽之犬的映照之下，河水閃耀著銀色的光芒。這裡的河水清澈見底，幸運與麥基開心地喝起水。

麥基率先開口。「這是我喝過最甘甜的水了！簡直棒透了！」他往幸運的身上跳，他倆在覆滿落葉的泥地上翻滾。幸運感覺精神爲之一振，不免鬆了一口氣。片刻間，他不願去多想關於這座城市，或是遭遇怪異的大鳥等事。麥基輕咬幸運的脖子表示友好。「呃，你渾身沾滿了泥土！」

幸運一個轉身，以前腳將麥基壓倒在地。

「是這樣嗎？」他說。「長爪傾倒的屋舍散發的灰塵令你大感吃驚？你身上難道一點也沒沾染到這些灰塵？」

他傾身向前，像要咬住麥基，卻舔舔同伴的嘴。「我們需要好好清洗一番！希望你別以為我們只是喝個水而已。」

麥基跳起身。「我準備好啦！」他大喊道。

拜託，河水之犬，幸運心想。**請帶我們安全渡河**。他跳進水裡，感覺污泥沾滿全身。他拚命踢著腿，伸長了脖子，游過河，河水冰涼令他渾身舒暢。麥基跟著他一起游泳，興奮地喘著氣。

他們登上灑滿陽光的河岸邊，喘口氣。幸運用力甩動身體，他不記得何時如此乾淨過。麥基也跟著甩動濕漉漉的毛髮，河水噴進幸運的眼睛裡，他發出吠叫，抓著地面。沁涼的河水不僅除去了他們身上沾滿的污泥，也將他們的疲憊消除殆盡。幸運衝撞同伴的頸部，準備起步，奔向森林。自從他被逐出狗幫之後，這是第一次他感覺到輕鬆與自由。

兩隻狗彼此打鬧推擠，最後來到灌木叢生的一片羊齒植物。幸運停頓下來，嗅聞空氣。他轉身面對麥基。「我們等一下走的路會很靠近猛犬的巢穴。」

麥基睜大了眼。「一定要走這條嗎？先前我特地繞路就是爲了避開這裡。」

「這是返回狗幫最快的捷徑。」幸運解釋道。「我就是通過這裡抵達城市，沒有遇見任何一隻狗向我挑釁。不會有事。但是我們必須迅速、安靜，小心翼翼——這只是暫時。」

麥基渾身發顫，耳朵服貼。「這麼說狗兒們仍住在這裡？」他偏著頭，表示明白。「幸好，我們先前渡河過來，河水想必洗清我們身上的氣味。」

幸運不確定是否眞是如此，因爲渾身溼透的麥基身上散發的味道甚至比起從前更加強烈。

他倆保持肅靜前進，留心不去踩踏斷落的樹枝或是皺縮的樹葉。幸運想起上回他通過猛犬窩巢的情景，試著不去想到那隻發出痛苦哀嚎的狗，哭求對方大發仁慈。從他的聲音聽起來，他似乎傷得很重，這時候應該斷了氣。**麥基沒必要知道這些事……**

當他們繞行狗花園時，幸運小心保持在上風處，希望這麼做可以掩蓋他倆的氣味。等他們抵達狗花園的至高處時，幸運突然聽見一聲尖銳聲響。他愣住不動，心臟幾乎要跳出來。只有狗兒會發出這樣的聲響，他對麥基投以警告的眼神，他倆一動不動，耳朵豎起。

聲音再度出現！尖銳叫聲之後伴隨著悲傷的抽咽。從叫聲判定，這隻狗顯然並非令人震攝，而是十分虛弱。

「是幼犬。」麥基小聲說。「而且不止一隻……」

農場犬說得沒錯。這隻狗並非與先前發出痛苦哀嚎的狗是同一隻。幸運聽出至少有兩個微弱的聲音，嚇得不斷發出嗚咽。他並未聽見成犬發出吠叫，或是有狗母親在旁陪伴的跡象。

幸運心中不免升起憐憫之心。他很想要安慰這些受苦的幼犬。他們的雙親在哪？猛犬為何放任他們無助地嚎叫？他想起前往城市前，行經花園時，聽見的悽慘狗吠聲，而他卻忽視不加理會。不禁感到內疚。他遺忘狗媽媽的教誨，放任另一隻狗受苦，卻坐視不顧。

噢，森林之犬，請告訴我該怎麼做。祈禱才結束，耳邊立刻傳來回應。「他們陷入麻煩，我們必須伸出援手……」

麥基緊張地舔舔嘴。「但是猛犬都是狠角色，我們怎麼知道這不是陷阱？他們會不會假扮幼犬想要引誘其他小狗？」他後退幾步，撞上一棵樹幹，害怕得睜大了眼。「我們不能闖進狗花園，幸運。萬萬不可。」

他倆聽著嗚咽聲好一會兒，幸運思索著麥基剛才那番話，不禁回想起體型龐大、殘暴的猛犬聲音宏亮，毛皮光滑，張著血盆大口。難以想像這群彪形大漢會想要模仿無助的幼犬，發出尖銳的哀號聲。

就算他們辦得到，猛犬們眞的會願意使出這一招？他們的心思會如此狡猾？猛犬幫的狗似乎喜歡公然挑釁，而非耍花招吸引外來者？

幸運見到麥基嚇得渾身發抖。他怎能讓黑白犬陷入危險之中？偷偷溜過狗花園應該輕而易舉。他跟麥基很快就能夠深入廣闊的森林。如果加快腳步，便能夠脫離荒野狗幫的舊營地，天黑時就會只相隔一小段距離。

到時，他倆便能夠安全無虞。

另一個尖銳的叫聲卻打亂他的決心。那裡的確有幼犬，而且他們全都嚇壞了。他跟麥基不能就這樣讓他們留在原地等死……

但我有勇氣拯救他們嗎？

第九章

幸運與麥基保持肅靜，拉長耳朵聆聽狗花園傳來的嗚咽聲。

「是幼犬沒錯。」幸運十分肯定。「我們不能拋下他們。」

麥基蹲低身子，尾巴虛軟無力垂在身後。

「但是幸運。」他說，「他們可是猛犬的幼子，本性與我們不同，他們為打鬥而生。」

「小傢伙傷不了我們。」幸運向麥基保證。

農場犬卻渾身發顫。「即便是這樣，他們的狗母親要如何應付？她應該距離不遠，或許正外出覓食，不久就會返回幼犬身邊。要是讓她見到我們接近幼犬……」麥基的目光閃爍，四處張望。只見樹蔭濃密，枝繁葉茂看不清有任何動靜。

幸運抬起頭，「我並未聞到任何狗媽媽的味道……」

「這才令我擔心。」麥基說，「你難道不覺得有異？猛犬幫有爲數不少的狗兒，不是嗎？如今幼犬在他們的地盤上，其他狗兒肯定就在近處，不久就會返回營地。」

這點幸運並不確定。多數成犬的氣味已經消散，徒留幾個較新的味道也相隔一天之久以上。

嗷嗷待哺的尖銳叫聲穿過樹林。幸運的胸口滯悶，觸鬚發顫。他無法忍受聽見這樣心生憐憫的聲音。

「狗媽媽怎會對這聲音置之不理？」他問麥基。「這群幼犬孤苦無助。」

「猛犬不同。」麥基繼續說道，「貝拉曾告訴我……」

幸運的耳朵抽動一下。他想起狗花園的短草坪，還有一碗一碗的乾肉塊。貝拉、黛西與艾菲對於自己的好運簡直不敢置信，找到這麼多吃的——他們不知道這地方由一群兇猛的猛犬所看守。幸運的臉部一陣抽搐，因爲他想起當初自己躲在一旁觀看，這群棕黑色猛犬，肌肉結實，昂首闊步，短短的尖耳朵豎起，齜牙咧嘴發出咆哮。身上帶有的刺鼻氣味散發出攻擊的強烈態勢。

儘管如此，幸運此時卻嗅聞不到他們的氣味。

「我們至少可以查明是怎麼回事。」幸運說，「如果情況岌岌可危，或是我們嗅到其他狗兒的存在，我一定拔腿就跑。但是我們絕不能放任這群小狗自生自滅。說不定他們也能幫上忙。」

「幫忙？」麥基一臉狐疑。

「面臨詭譎的時刻，每隻能夠生存下來的狗都扮演著一定的角色。」

麥基儘管面露不確定的表情，卻只得不情願地點頭同意。

他倆在森林內的柔軟草地上緩緩匍匐前進，逐漸靠近猛犬的地盤。不時停下來朝空氣嗅聞。太陽之犬高掛天空，不過它的光線卻被濃密的樹蔭遮蔽了。

當他們靠近圍籬時，幸運忍不住一陣緊張。麥基說得沒錯，這裡完全嗅聞不到成犬的氣味。光滑的毛髮氣味陳舊且消隱，卻仍舊足以令幸運心臟噗通噗通跳，感覺到不寒而慄。

兩隻狗抵達包圍狗花園的高聳圍欄。幸運渾身發顫，這個不祥之地，充滿了許多驚駭的回憶。

他倆謹慎地繞著這地方打轉，尋找黛西挖掘的小洞口。幸運找到後，忍不住打起哆嗦，小洞口如今變成一個大洞。圍籬上頭沾黏著一團糾結的光亮黑色毛髮。

「猛犬們曾穿過這裡。」麥基說。

幸運心知肚明。他曾見過其中一隻靠近圍籬，發出痛苦的哀號。這是無可避免。尖耳犬肯定十分習慣在這個洞口進出。幸運卻再度隱約嗅聞到大狗的氣味，還有其他氣味，是血漬嗎？他得穩住顫抖的後腿，做好準備潛入狗花園的心情後，他開始渾身顫抖。

他鑽進鐵絲網，麥基緊跟在後。

狗花園與幸運最後所見的有很大的改變。修剪整齊的短草坪不見蹤影，取而代之的是高高的雜草與攀爬的藤蔓。觸目所及的是生長的樹木和一大片薊叢長出的葉片尖刺。這地方遲早會枝繁葉茂，宛如森林一般，低矮的房舍與金屬碗都再也看不到了。幸運湊近其中一只碗，裡面沒有任何乾肉塊。或許動物們都跑光了，這說明了猛犬們跟著離開的原因。

「長爪們並沒回到這裡。」幸運做出結論。在遭遇猛犬之前，幸運曾聽聞過他們的事。長爪們利用他們兇猛、擅長保護家園，阻止入侵者的天性而豢養他們。少了長爪將他們關進狗籠裡餵養，這群猛犬肯定不受控制，沒人指導他們該怎麼做，他們就會隨心所欲。他試著甩開這些想法，忍住穿過鐵絲網的衝動。幼犬的哀號聲此時更加響亮，聲音似乎從大房子內傳來。

幸運與麥基在雜草間壓低身子，朝向建築物前進，這幢房子的地基比起週遭的狗屋還要高。幸運攀爬木頭階梯抵達前廊，麥基則停在原地。

見到幼犬之前，幸運已先聞到他們的味道。他們散發的氣味就跟北鼻和妞妞身上溫暖、香甜的奶香味一樣。門廊環繞著房子四周，幸運沿著門廊前進，緊貼在建築物一側。他愣住不動。三隻年幼的猛犬包裹在一片柔軟的毛皮內，不停蠕動，毛皮顯得凌亂。幸運想起拴鍊犬們在大咆哮發生前也是躺臥在這種舒適的窩巢內。幼犬們紛紛朝門廊窺探，望著一片荒野眨著眼睛。那裡沒有低矮的狗舍，只有一大片雜草叢生。幸運看到了幼犬們的小嘴和抽動的觸鬚。儘管幼犬沒有見到幸運的身影，但他們知道附近有陌生人出沒。

幸運想起那段與猛犬交手的過程。

儘管我站在上風處，他們仍舊能夠知道我入侵他們的地盤。

這幾隻幼犬也有同樣敏銳的嗅覺嗎？

如同其他成年的猛犬，幼犬們同樣擁有光滑的深棕色毛皮，黑色臉龐，淺色的嘴鼻。不過身材圓潤多了，而且不具有威脅性。毛髮柔軟的耳朵服貼在頭部兩側，不似成犬高高豎起的尖耳。

幸運默默循著來時路，繞過門廊，與等候的麥基會合，幼犬不會聽見他們的交談。

「他們一共有三隻。」他對麥基說。「身旁沒有其他狗。」

麥基瞪大了眼睛。「我還聞到其他氣味。」他壓低嗓門說。

幸運感到一陣緊繃。「你是指什麼味道？」

麥基渾身顫抖。接著，幸運也聞到同樣的味道——死亡的氣味從他倆的腳底竄出。幸運將鼻子湊近木頭地板，地板之間有一道縫隙，幸運透過縫隙看見一個黑色身影。

幸運嗅聞著竄出的氣味抽動他的鼻子，陽光下味道近似酸奶。

麥基壓低聲音：「我想應該是狗媽媽。」

幸運同意他的看法。「幼犬們飢餓得大哭不止。」他的心中不免升起憐憫之情。他不禁憶起自己的母親，她身上散發著香甜的氣味，毛髮柔軟，還有手足們彼此簇擁的溫暖。「而且悲傷。」他輕聲說道，想起前往城市之前，越過狗花園時所聽見的痛苦哀嚎。

他感到一陣罪惡，垂下耳朵。難道哀號聲來自狗媽媽？

我竟選擇袖手旁觀……

麥基蹭蹭幸運的臉龐。「會不會是其他猛犬殺害她？」

「他們為什麼這麼做？」幸運問，雖然他也有同樣的疑問。

麥基望向一大片雜草。「我不知道。不然，他們為什麼棄幼犬不顧？」

幸運不得不同意，猛犬的舉動一點都不符合常理。「我不知道，麥基。但我們必須前去找這群幼犬談談，確保他們沒有陷入任何大麻煩。」

麥基點點頭。「好，幸運。你說得對，我們不能坐視不管。不過我們必須取得共識，要是他們遭遇麻煩，我們必須當下伸出援手，必要的話，帶他們跟我們一起走。我們不能在此地久留，等到其他猛犬返回這裡。」

「當然。」幸運說。他躡手躡腳返回門廊邊，麥基緊跟在後。繞過轉角後，他見到幼犬們彼此簇擁。平貼的耳朵豎起，提高警覺。

「不太對勁！」其中一隻幼犬大喊，小白牙咬牙切齒。另外兩隻狗聞風紛紛轉頭，見到幸運與麥基時，開始放聲大叫。

「你是誰？走開！」幼犬大喊。

「我們的狗幫很快就會回來！」另外一隻小狗接著說。

麥基一臉憂愁望著幸運。「如果他說的是實話？」他小聲說。「我們可不想讓猛犬發現我們在這裡出現。」

「不要緊。」幸運告訴他。「這隻幼犬不過是在虛張聲勢，我不認為這裡還有其他狗。」幸運打量這群幼犬，留意到他們的尾巴不像成犬那般，而是只有短短一截。

麥基緊接著問：「或許我們自以為可以伸出援手是錯的。」

幸運望著幼犬抬起頭。「你難道沒瞧見他們很害怕？我們必須幫幫他們。」他小心翼翼走向幼犬，他們隨即發出一連串呼號、吠叫與高音的粗嘎叫聲。幸運看見在他們的柔軟襯墊前面有兩只碗。其中一個碗底剩下一點水，另外一個碗裝了幾個乾肉塊。幸運依稀記得幼犬不該超過幾個鐘頭沒有進食，他們或許餓壞了。

他在幼犬面前蹲低身體，放低姿態，不帶任何威脅。

「我叫幸運，我的同伴叫做麥基。我們想要幫助你們。你們叫什麼名字？」

三隻幼犬直盯著幸運瞧。他們聽懂他說的話嗎？他絲毫沒有頭緒。

「你們不是我們狗幫的成員！不該出現在這裡！」其中一隻公幼犬喊道。

「你們難道沒有名字？」幸運問。

沒有任何回應。

幸運望著他們。如果他們尚未取名，意味他們才剛出生不久。極需要協助，年輕幼犬沒有獵食的能力，很快就會夭折。

他望向麥基，對方站在他的身後距離幾步之遙。接著，他轉身面對幼犬。「我們知道你們餓壞了。」幸運繼續往下說。「我們願意幫你們，但是不能在這裡久留。這裡沒有任何食物。我們會帶你們到安全的地方，那裡有吃不完的食物，還有一大片空曠地可以嬉戲。」

母幼犬輕聲吠叫，興奮地睜大了眼。短小的尾巴輕搖了幾下，跌跌撞撞走向幸運。站在母幼犬身旁一隻年紀最輕的公幼犬則發出叫聲、舔了舔嘴唇。他甩甩頭，露出脖子上一截叢生的毛髮，讓他看起來比另外兩隻手足更加不具威脅。

只有最後一隻身材渾圓的公幼犬仍舊一臉狐疑。「走開！你們不該在這裡出現！」他氣惱地發出怒吼。幸運朝他接近時，只見他發出咆哮，往後退了幾步。幸運低頭望著腳底的木板，在這間狗屋底下，幼犬的母親陳屍於此。

他們認識這個世界的第一件事，便是接受母親死亡的事實，幸運心想，他想起自己的母親，忍不住對這些小傢伙們寄予同情。難怪這隻幼犬對其他狗抱有不信任感。

「我明白你的感受，」幸運回應，試著保持語氣平靜，盡可能忍住跟著發出嗥叫的衝動。「我說的是真的。我從小也跟自己的母親分開，跟你一樣。我到現在還是會想念她。」他垂下頭，耳朵服貼。

最後就連這隻滿臉狐疑的幼犬也停止吠叫，三隻幼犬同時間睜大了棕色的眼睛凝視著幸運。

「你們的母親已經離開了。」幸運說，「你們能夠做的也只有將她交給地犬。」

幼犬們望著幸運，黑色的尖臉滿是困惑。

「誰是地犬？」母幼犬問。

麥基步上前，貼在幸運的耳畔說：「如果猛犬幫棄他們於不顧，我們必須找到可以照顧他們的狗才行。我想我們該帶他們返回荒野狗幫。」

幸運滿心憂愁地拖著腳走。如果荒野狗幫不歡迎他，他要如何帶著猛犬的三隻子嗣返回狗幫，艾爾帕又會做何反應？「他們不會贊同的。」他緩緩說道。

「不……那麼我們該怎麼做？」

的確，幸運心想。**這些幼犬們必須跟著知道如何妥善照顧他們的狗兒一起生活，例如月亮**。

幸運將鼻子輕觸麥基的嘴。「我們會帶他們一起走。」

他轉身面對幼犬。「地犬是神靈之犬其中一個神祇。」他娓娓道來。「我們可以在路上告訴你們關於地犬的事。」

「我們必須留在這裡。」體型較大的公幼犬咆哮。

「我不想要離開母親。」母幼犬接著答話。「我不想把她交給其他狗！」

幸運的胸口感到一陣緊繃。他在幼犬面前蹲坐下來。「很遺憾，我知道對你們來說很難接受。我跟自己的母親道別時也很難過，但是現在只有地犬可以照顧她。」

幼犬們瞪大了眼睛望著幸運。

「如果母親與地犬一塊兒，我們還有機會再見到她嗎？」體型嬌小的公犬問，他直到現在才開口說話。他的短尾巴搖擺一下，充滿了希望。幸運嚥了嚥口水，悲傷不已。他該如何跟一隻幼犬解釋死亡？他要如何向他們解釋連他自己都無法釐清的事？

「總而言之，」麥基發表自己對這件事的看法。「你們只需要閉上眼，回想就行了。雖然看不見她……但是你們可以感覺到她的存在。她就存在你們的四周，在你們腳底踩踏的土地，還有呼吸的空氣，天上的雲朵，以及太陽跟雨中。」

幸運憶起自己的母親，還有手足們帶給彼此的安全與溫暖的感覺，不禁搖起了尾巴。

「你能告訴我們要怎麼做嗎？」母幼犬問。

「沒問題。」麥基回答。

森林裡一隻烏鴉嘎嘎叫著，黑白犬微微退縮。「天色漸漸暗了。」他喃喃說道。

幸運抬起頭，看見狗花園外那片森林被黑暗籠罩。他不禁背脊一陣發涼，納悶猛犬是否會趕在天黑前返回這裡？他們是否會再回到這裡？他轉身面對幼犬。「我們還有時間繼續這個話題，不過現在得趕路了。等一下，麥基會幫你們回想自己的狗媽媽，我保證。」

小傢伙們似乎願意接受這一點。幸運與麥基領著他們走向木頭階梯，從門廊來到地面。麥基傾身想要咬起體型最大的公幼犬的脖子，他卻猛搖著尾巴，傲慢地掙脫。他半跳半跌步下階梯。他的手足們則緊跟在他的身後，三隻幼犬興奮地聚集在階梯底層。

幼犬們望著幸運在大狗屋一側擁有樹蔭遮蔽的地方，挑選一處長滿綠草的軟泥地上開始迅速掘地，翻起泥地的乾土壤。麥基跟著加入他的行列。

大夥默默望著掘土這一幕好一會兒時間，母幼犬走上前。「你在做什麼呀？」她問。

幸運停止掘土。「我在進行一項儀式。我們準備將狗媽媽獻祭給地犬，幫助她重新返回大地與空氣，再度跟世界結合——不過是藉由另外一種方式，就像麥基所描述的那樣。」

母幼犬靜默不語。體型嬌小的公幼犬羞怯地躲在她的身後，舔著嘴，凝視著幸運與麥基在地上掘的淺坑。只有體型較大的公幼犬瞇起眼望著這一切。

幸運正打算開始動工，卻見到了母幼犬朝雜草堆前進，四處嗅聞。他步上前，豎起耳朵。此時，他見到小狗朝藤蔓旁的黑鴉鴉的東西猛舔，這東西就隱身在雜草堆內。

麥基跟隨他的目光望過去，發出吠叫。他就站在黑色物體與母幼犬的附近，幸運望著她，眼神卻充滿了恐懼。「我想它是另一隻幼犬……」於是他朝母幼犬嚷嚷道。「快過來，小傢伙！留在這兒別動。」

母幼犬抬起頭。「他受傷了……」她低聲嗚咽。

「你現在也挽救不回他的性命。」麥基說。

幸運一陣退縮。過了一會，母幼犬放棄這團黑色身軀，返回手足的行列，站在大屋子底層等候。

幸運穿過雜草，走近嬌小、虛軟的軀體旁。他判斷這隻幼犬或許跟狗媽媽一樣，一、兩天前斷氣，毛髮上還沾有血漬的味道。幸運辨識出小狗的齒印跟他相同，脖子下方有著一圈不尋常的白色毛髮，狀似犬齒的形狀。幸運倒抽一口氣。這隻幼犬遭遇攻擊被殺害，情況顯而易見。

如果是土狼或是狐狸所殺，他們肯定把他吃掉。究竟是什麼樣的狗做出這種喪盡天良的事？

麥基在毫無生氣的屍體旁蹲伏身體，朝地面抓扒。

「我不喜歡這樣，幸運。這地方究竟怎麼回事？」

幸運轉身望向他的同伴，表達同樣的想法。他無法想像究竟是什麼原因害得幼犬與其母親喪命，而其他猛犬又是為了什麼理由放棄自己的地盤，獨留三隻幼犬無依無靠，絲毫不擔心幼犬們的安危。

「我們對喪命犬有責任。」幸運壓低音量說，「即使他們隸屬於兇猛的狗幫，仍應享有獻祭給地犬的權利。」

母幼犬朝他們大喊。「你們能救救他嗎？」

另外兩隻幼犬退縮至一旁。體型嬌小的公幼犬低下了頭，尾巴下垂。另外一隻體型壯碩的幼犬則瞇起眼，嘴角抽動，齜牙咧嘴，像在吞忍自己的怒氣。

幸運眞希望自己可以保護幼犬不讓他們面對傷心難過的悲劇。但是他什麼也幫不上。「恐怕我無法辦到。」他忍不住哽咽。「他是你的手足嗎？」

「不！」體型較大的公幼犬怒吼，聲音銳利。幸運原以爲他會繼續往下說，但是他粗壯的小腳卻直挺挺站著，瞪著眼。

「幸運，我們必須離開這裡……」麥基壓低音量。

農場犬說得對。這地方很不對勁，狗花園發生可怕的事件。

烏鴉群俯衝向圍繞營地的高聳樹林。太陽之犬沿著地平線緩緩下降。幸運返回淺坑繼續挖掘，直到坑洞足以容納狗媽媽。

麥基則在一旁挖掘一個小坑洞埋葬死亡的幼犬。他咬住幼犬虛軟屍體的頸部，輕輕將他拖往坑洞，小心翼翼將他埋進洞裡。接著，他幫忙幸運將狗媽媽從木板屋底下拖出來。他們咬住狗媽媽脖子上的厚重黑色頸圈，用力咬著牙拖動她。她的身體比想像中還要重，幸運很難相信一隻狗居然會這麼重。他們挖掘的坑洞恰巧足以容納狗母親的屍體。

幸運與麥基在幼犬的墓穴中覆蓋上泥土時，三隻幼犬悲痛不已。當他們以同樣的方式將泥土覆蓋在狗媽媽的身上時，幸運幾乎不忍聽見幼犬們的哀慟聲，只能試著壓抑自己的悲傷。

他與麥基無法將足夠的土壤覆蓋住狗母親。幸運站著思索好一會兒。

接著，他跑向營地一旁咬了滿嘴的雜草與樹葉，然後返回狗媽媽的身旁，把頭一甩，將雜草與樹葉灑在她的身上。他來回做著同樣的動作幾回，直到狗媽媽的屍體完全覆蓋住。

幸運返回三隻幼犬面前。「現在，地犬會看顧你們的母親。」他語氣嚴肅說。

「我不要地犬奪走她。」嬌小的公幼犬發出微弱的聲音哭喊道。

母幼犬傾身向前，舔舔他的耳朵。幸運轉身望向長草，希望自己能夠想辦法減輕他們的悲傷。

麥基發出低吠。幸運轉身望向他，壓低音量不讓幼犬聽見。「怎麼回事？」他問。

「這裡的一切都十分不對勁。」麥基回應，他的黑色眼睛望向天空。「太陽之犬已返回他的巢穴。我們真的要帶著三隻幼犬趁天黑進入森林？」

幸運希望自己能夠想出別的辦法，不過麥基的提醒是正確的。

入夜的森林對成犬本身很危險，我們要如何兼顧他們的安全？

幸運深吸一口氣，試著不透露出自己的恐懼。「森林之犬會保佑我們。現在天色還沒有完全陷入黑暗，如果我們加緊腳步，就能夠在入夜之前趕點路。」

森林之犬！請別讓幼犬們受到任何傷害！他默默祈禱。**他們已經受了這麼多的苦。**

他的目光望向大狗屋透射出令人毛骨悚然的長陰影，接著轉身望向濃密的樹叢。前方有漫長的旅程在等候著他們，卻不見任何光線。愈快遠離這個死亡之地愈好。

第十章

幸運率領著眾狗穿過漆黑的森林時，腳底踩踏的樹枝與枯葉嘎吱作響。離開狗花園後，他們只前進四趟追逐野兔的距離。幸運一想到他與麥基如果獨自完成這趟旅程，需要步行多少距離就忍不住渾身發顫。

幼犬們的行動緩慢，增添旅程的困難度，彎曲的樹根或是斷落的樹枝對他們來說都是一個考驗。趕路的步履令他們的小腳非常痠痛，而且得經常停下腳步喘口氣。但是他們仍鼓起勇氣繼續前進，不時對彼此加油打氣。

「就是這樣。」母幼犬對她的兄弟們喊道。「進步很多！」

「想想我們趕了多少的路。」體型較大的公幼犬附和。

幸運對於幼犬適應改變的彈性大感佩服。**被逐出狗幫的確令我感到難過，不過這群幼犬在歷經一切困難後，如果能找到繼續下去的力量，我也同樣能辦到，停止自怨自艾。**

幼犬的小尾巴驕傲地翹得高高的，不過幸運不確定他們能夠走多遠。他小聲對麥基說。「我們應該輪流背他們走上一段路，讓剩下那隻幼犬走在我們之間。」

麥基望著矮胖、毛髮光滑的幼犬們。「我同意你的作法，但他們是猛犬的子嗣……自尊心很強。會願意讓我們這麼做嗎？」

幸運自己也不是很確定，他轉身面對幼犬。「你們的表現很棒。不過目前遇到了上坡路段，你們是否願意讓我們輪流背你們走上一段？」

他望著幼犬們朝彼此眨眨眼睛。僵直的腿直挺挺站著，母幼犬看似極不情願……

「我跟幸運經常嘲笑對方的爬坡力道。」麥基說。「如果可以讓我們輪流背著你們走，無非幫助我們訓練爬坡力。」

「沒錯！」幸運心懷感激對麥基眨眨眼，然後望向幼犬。**他是否說服了他們？**

幸運試探性走近那隻體型較爲龐大，對一切總是抱持懷疑的公幼犬。幼犬感到一陣緊繃，幸運嗅聞他身上光滑的毛髮時，他並未表達不滿。頸部蜷曲的毛髮像是體型較大的狗才會有的特徵。小狗站在原地，信任幸運對他的觸摸，麥基則抬起另外一隻公犬，大膽的母幼犬則走在他們之間。他們在森林裡奮力前進，幸運背負著體型較大的幼犬走在前頭。

幼犬不似猛犬般易怒，幸運心想。**或許，長爪應該好好管束他們的脾氣。這意味這些幼犬跟其他未成年的小狗一樣：必須好好的教導。**

稍晚，幸運聽見幼犬的肚子咕嚕咕嚕叫，不免感到一絲同情。**我甚至不知道這些幼犬該吃些什麼**！他突然想起門廊前的碗裡放置的乾肉塊。他們或許可以想辦法捕捉一隻肥美的老鼠。他的目光掃視眼前這片森林，豎起耳朵聆聽是否有任何嚙齒動物活動的動靜，或是其他危險存在。

他們已經無力繼續前進。幸運與麥基得經常停下來休息。每回重新啓程，他們都會交換背負的幼犬，確保沒有任何一隻小猛犬累著。即使如此，他們的步履仍然緩慢。

體型較大的公幼犬此時走在幸運與麥基之間。他在斷落的樹枝前停下腳步，深呼吸一口後才跳過它。結果落地時沒站穩，一個踉蹌，滾了一圈。幸運忍不住對他寄予同情——幼犬勢必得比平常費一番勁。他抬起望向枝椏之間，太陽之犬正匆忙返回他的窩巢，不久，天就要黑了。

「我們現在歇歇腳吧。」幸運說完，將背上的母幼犬放下來。麥基開心地放下嬌小的公幼犬，小幼犬們開始伸展四肢，彼此舔舐。

幸運走近長滿樹瘤的老樹一陣嗅聞，發現老樹四周的土地乾燥且乾淨。他們能夠待在這裡舒適地簇擁一起。

「我們不會待在這裡，對吧？」體型較大的公幼犬凝視著天空問。「萬一下雨怎麼辦？」

幸運用鼻子嗅聞空氣。「我沒聞到雨的味道。我們不會有事。除非真的有必要，我不想要在漆黑的森林裡趕路。」

幼犬皺起眉頭，卻沒說再多說什麼。幸運望著他舔起自己的短尾巴。

就在幸運想要告知大夥明早繼續啓程時，他突然聽見一陣沙沙作響的聲音。於是豎起耳朵，走向附近的矮樹籬。幸運不去理會麥基與幼犬們發出的聲響，專注留意矮樹籬的動靜，瞥見了一個毛髮光滑的動物身影。

他們今晚可以大快朵頤了！

幸運與麥基蹲坐在幼犬身旁，將幸運獵捕到的田鼠撕成幾塊。幼犬們瞪大了眼睛望著，興奮地搖著尾巴，充滿期待。幸運品嚐溫暖、鮮嫩的田鼠肉，卻不把鼠肉嚥下。

我還有最後一隻兔子可以獵食，他提醒自己，**田鼠就留給幼犬！**

他先低下頭，將田鼠肉分給嬌小的幼犬，他急著去舔幸運的嘴，一口咬住田鼠，咯吱咯吱笑，然後心滿意足地呑下肚。麥基跟隨幸運的動作，將田鼠分食給母幼犬，她從麥基嘴裡接過田鼠，搖著尾巴。

幸運小心咬下另一塊田鼠肉，用後排的牙齒咀嚼。肉汁流入他的喉嚨，他頓時感覺到自己的胃口大開，但是他再次拒絕將田鼠嚥下肚的誘惑。他走近體型較大的公幼犬，他衝向幸運，吐著舌頭。公幼犬舔著幸運的嘴角時，原先的疑神疑鬼全都煙消雲散，他帶著感激接過屬於他的那一份食物。

公幼犬轉身面對體型較小的兄弟。「該你了。」他說。

幸運因爲幼犬們彼此相互扶持，井然有序接受分食的精神大爲感動。嬌小的公幼犬步上前時，短尾巴搖擺不停，幸運卻覺得胸口一陣緊繃。

這群幼犬需要我們……他將目光望向周圍的樹叢。**謝謝你，森林之犬，餽贈我們一餐，拯救幼犬們一命。**

小幼犬開心叫著，擺動身體，碰觸幸運的嘴角時，臀部不斷搖擺。幼犬們享用完田鼠之後，滿足地聚攏一塊，舔舔腳掌。幸運站在一旁，彎身舔舐他們的耳朵。他現在跟他們相處顯得自在許多。他望向森林，發現就連烏鴉群也停止嘎嘎叫著——天色幾乎陷入一片漆黑，空氣中傳來昆蟲的叫聲。他轉身望向麥基與幼犬們。

「我們現在有件事必須完成。」他嚴肅地說。麥基面露擔憂，直到他見到幸運戲謔地吐吐舌頭，農場犬才放寬心，搖起尾巴。幸運繼續說道：「天一亮，我們就繼續啓程，在這之前我們必須替你們取名。」

幼犬們彼此面面相覷，然後望向幸運。

「你們長大後，會有個正式的名字，但是現在應該給你們取個乳名。」他轉身望向嬌小的公幼犬，回想剛才幸運餵他吃田鼠肉時，他開心扭著屁股的模樣。「我們就叫你拉拉。」

幼犬急忙轉了一圈，舞動著小腳。「拉拉！」他跟著覆誦。

幸運轉而望向大膽的母幼犬。「你呢……」

麥基表達他的看法。「叫恬恬如何？」

「好啊，這個乳名很好。」幸運同意。

母幼犬的黑色短尾巴搖擺著，抬起頭舔舔麥基的鼻子。**我想這代表她喜歡自己的小名**，幸運開心地認為。

他轉身望向體型較大的幼犬。「至於你嘛……」

幼犬滿臉挑釁回望著幸運，一臉懷疑，再度顯得警覺。「我不需要乳名。」他發起牢騷。

幸運思索了一會兒。「就叫你小牢騷吧，好，完美極了。」

麥基發出吠叫表達同意，幼犬們跟著開心叫著，只有體型較大的幼犬杵在原地，面無表情。

替幼犬們命名完之後，幸運感到異常的輕鬆。他將負責照料他們，即使為時不長，不替他們起名，總覺得不對勁。這一會兒，他們全成了幸運的責任。幸運拯救他們的性命，因為他認為自己在做對的事，帶他們返回荒野狗幫，但此時……

現在我卻變得在乎。

帶著這份滿足感，幸運在三隻幼犬身邊蹲坐下來，與麥基背對背。

恬恬與小牢騷睡得香甜，拉拉卻翻來覆去。幸運傾身向前，舔舔他的耳朵。幼犬抬頭望著他。「我睡不著。」他小聲說。

幸運忍不住感到心疼，想起自己的幼年時光。當他睡不著的時候，狗媽媽總將他攬入懷中，母親的心跳聲總能令他放鬆。

「把你的頭枕在我的胸前。」幸運喃喃說著。

拉拉湊近他的身體，把他的黑色小頭顱緊靠著幸運。不久，他的呼吸變得深沉，闔上了眼，嘴角張開。幸運也跟著閉上眼，不過仍豎起耳朵提高警覺，留意聆聽森林內的動靜。

遠方傳來嗥叫聲。幸運倏地跳起身，張開眼，朝沁涼的空氣一陣嗅聞。幼犬們驚覺得發出吠叫，幸運立刻要他們安靜下來。

「沒事。」他安撫道。「那個聲音距離我們很遠，但是我們必須保持安靜，不去吸引它的注意。」

「怎麼回事？」麥基問，幸運在漆黑中，只能依悉辨認農場犬的身影。

「我不確定。」幸運對他說。「聽上去像是狗吠聲，卻又不像……」

麥基緊張問。「是狼嗎？」

幸運曾聽過狼嗥，一想到此忍不住一陣寒顫。「希望不是。」

另一個拉長的嗥叫聲再起，且加入更多的雜音。這些聲音似乎比先前的嗥叫聲更加貼近。幸運頸部的毛髮豎起，胸口心跳得很快。

「聽起來不只一個！」麥基說。

「我們不會有事，但是必須立刻動身。」他將鼻子蹭蹭幼犬們，他們立刻起身，一臉茫然、害怕。「麥基，你待在幼犬其中一側，我負責站在另外一邊保護他們。」他嗅聞空氣，無法辨識其味道。

「對方是不是聞到我們的氣味？」恬恬問。

「我不這麼認爲。」幸運輕聲回答。「他們不知道我們的位置。」

「你不會離開我們，是吧，幸運？」拉拉抽咽著說。

「我們會一直守候在你們身邊。」幸運保證。「沒有什麼好怕的，只要保持安靜，繼續往前走，很快就能夠另尋他處，安全無虞。」幸運希望這番話能夠安撫他們的情緒，即使連他都說服不了自己。根據嗥叫的聲音判斷，對方聽上去像是體型巨大的危險動物。

之後，沒有任何一隻狗在交談。他們默默地穿過森林，幼犬們翻過掉落的樹葉、樹枝與荊棘。幸運知道這對幼犬們來說是個困難的考驗，幸運必須時時敏銳，要不是得帶著這群小傢伙，面對這一切顯得容易得多。

他聞到了空氣中傳來一陣刺鼻的氣味，有點像是狼的味道，也可能是狐狸，但是他內心明白兩者都不是。

他的內心打了個寒顫，但他清楚知道，不論對方是何方神聖，身上都帶著狗的氣味。他聽見了樹葉踩在腳底的沙沙聲響，聞到了刺鼻的氣味，而且愈來愈接近。

「等等！」麥基喊道，他壓低身子走在幼犬身後。

幸運迅速轉過身望著他。「怎麼回事？」

「是拉拉脫了隊。」

「他累壞了。」恬恬說明。「他不習慣走太快，而且我們已經馬不停蹄地走了好久。」幸運明白沒有一隻幼犬習慣如此，不過幸運卻見到母幼犬的目光驕傲地閃著光，小牢騷突起他的尖鼻子與她肩並肩。

幸運對於自己忽略幼犬們的體力感到羞愧。此時，他聽見嬌小幼犬急促的呼吸聲。麥基與恬恬說得對，拉拉累壞了。

「到這裡來。」他輕聲說，「我背你走一段路。麥基，換你帶頭走。」黑白犬低頭默許，黑色的身影緊貼著樹枝。幸運輕輕銜起拉拉，大夥聽見莫名的聲響全都愣住了。

「這裡！」這聲音充滿鼻音且刺耳。幸運覺得自己渾身僵硬。

「有狗的氣味就在這附近。」

「幼犬！聞到了幼犬的氣味。」

幸運內心一震，嚇得幾乎讓拉拉跌落在地。他現在終於弄清楚對方是何方神聖——這群野獸曾入侵城市，囂張地到處咆哮。唯有攜帶長槍的長爪才有辦法將他們驅離。

土狼！這群凶猛狡猾的動物向來喜歡找弱小的動物下手。他們的動作迅速，手法殘酷，這次肯定是聞到幼犬的氣味，以為大餐自己送上門來。

「保持安靜。」他告訴大夥。他朝空中伸出鼻子，試圖嗅聞土狼的數目。**至少，六隻。**數目多到足以引開並擊垮幸運與麥基，竊走幼犬。

我不能讓這群幼犬像法茲那樣喪命，幸運內心感到惱怒。

「我們必須加緊腳步。」他督促大夥。

「我也聞到他們的氣味了。」麥基小聲說。「你認爲我們打得過……」

幸運迅速搖搖頭，要農場犬別再往下說。他不希望在幼犬面前提到土狼這個字眼。這麼做只會嚇壞他們。麥基再度眨眨眼，示意他明白幸運的意思。恬恬與小牢騷往前奔跑，越過森林地面的一堆障礙。他們在低矮山坡上鑽進窄小的中空樹幹，然後進入濃密的樹林。

如果我們能在濃密森林內占據下風處，或許能夠甩開他們。

他們大有進展，幸運認爲自己的計畫應該能夠成功。不過他卻聽見恬恬在他身後氣喘吁吁。他回頭張望，看見她正奮力越過崎嶇的地面，似乎用盡最後一絲吃奶的力氣。就連小牢騷也愈來愈疲憊，當他步履艱難地前進時，短短的尾巴似乎更加低垂。

「這麼做行不通。」麥基輕聲說，此時他的身體甚至低於地面，融入整片森林中。「我想他們追逐的對象是幼犬。我們應該找地方躲藏起來，掩蓋我們的氣味，等他們走遠。」

幸運點點頭。「我們要怎麼……」

「躲藏？」小牢騷發出咆哮。「猛犬絕不會畏首畏尾！」

幸運的耳朵一陣抽動。這麼說來，小牢騷知道他們有別於其他的狗。小幼犬隱隱知道些什麼？

麥基不加理會大夥，逕自蹲低身體，融入地底，反覆輾轉。接著，他倏地起身，緊貼著附近的樹幹，不斷摩擦他的背部、尾巴跟嘴。

幸運對此舉動大感佩服。他從不知道麥基擁有這身求生的好本領。自從他們在城裡相識之後，農場犬成長不少。

他模仿起麥基的動作，壓低身體，將肚子摩擦著滿地的落葉。「幼犬們跟著做，千萬別往身上舔。」

幼犬們開始翻滾，踢踩著泥土。就連小牢騷也蹲低身體，將他的口鼻壓在樹葉下，讓幸運在他身上覆蓋樹枝與泥土。

「很好。」麥基小聲說，「現在我們必須保持肅靜，不動。」他率先行動，越過矮樹叢，平躺在森林的地面。「靠近些。」他說。

恬恬服從命令，將她的身體緊貼著麥基，小拉拉則躺臥在她的身邊。

小牢騷絲毫沒有跟著倒臥下來的意願。「我可不會躲藏任何一隻狗。」他大聲說。接著，他離開矮樹叢，開始朝低矮山丘前進，入口處有幾株細瘦的樹幹。

「幼犬們上哪兒去了？」

「我聞到一群狗的氣味，其中包括小狗……」

幸運突然感到一陣驚恐，衝向小牢騷，將他推向矮樹叢。幼犬奮力掙扎，幸運將身體的重量壓制在他身上，他感覺到小牢騷扭動的肌肉，他已經長成一隻強壯的狗兒。

「你的勇氣可佳，小牢騷。」幸運低聲說，他的嘴貼近幼犬的耳朵。「但現在不是展現勇氣的時候，他們可不是一般的狗，他們是一群只想逞凶鬥狠的土狼。我們必須不動聲色，我不是在跟你鬧著玩。」

幸運感覺到幼犬一陣發顫。「土狼？他們是什麼？」他問，而此時這群野獸正逐漸逼近，在低矮山丘附近徘徊。

「我都是從幼犬最軟嫩的口鼻開始吃起！」一隻土狼粗嘎著嗓子說。

「我喜歡從尾端吃起！」另一隻土狼接著說。

小牢騷身體開始發顫，幸運不免對他寄予同情。小猛犬儘管想要展現勇氣，但是他畢竟年紀還小，依舊會感到恐懼。

求求祢，睿智的森林之犬，幸運開始祈禱。**這群幼犬已經失去了母親，請保佑他們熬過今晚……**

土狼們聚集在山丘頂端的樹叢間，開始嗅聞，兜著圈子找。他們跟狼一樣身上長著濃密的毛髮，四肢既長且細。大大的尖耳朵在黑暗中看來呈現不規則狀，敏銳的嗅覺令幸運的胃部翻攪。他想起老獵人曾在大城的食屋告訴過他關於土狼的種種——他們如何狡猾，找時機展開獵殺，向來是利爪的宿敵，善於奪走年幼的動物吃掉。**呃，他們別想接近我的幼犬**！

「他們就在這裡……我聞到幼犬的氣味。」

「不在這裡……他們脫逃了，曼葛斯，怎麼回事？」

「他們朝這裡逃了，一大群呢，快跟上！」

最後說話的那隻叫做曼葛斯的土狼，體型特別高大。他跑跳時的身形靈活、結實。尾巴毛茸茸一團，彷彿末端遭截斷一樣。他開始朝向細瘦枝幹的樹林間奔去，跑下山坡，朝向小路前進。

如果他們循著這個氣味追索，幸運滿心期待，**最後將走往狗花園……**

不久，土狼幫消失在視線的範圍。最後，就連他們身上刺鼻的泥煤味也消失在夜裡。

確定危機解除後，幸運起身站起。

「他們走了。」他鬆了一口氣。

「他們究竟是何方神聖？」麥基問。「他們的身形與艾爾帕相似，不過更加瘦削。」

「是土狼。」幸運回答，內心仍不寒而慄。「我對他們並不了解。」

「這下子我不得不對他們更加認識。」麥基說，他將目光望向漆黑的樹林。「看來，我們必須繼續趕路。」

幸運轉身望向幼犬。「你們都表現得很好，只是現在沒法繼續返回夢鄉。我們必須繼續趕路直到天亮，而且要放慢步伐，彼此照應。我們將要前往的狗幫在湖邊有個營地，有許多石頭做為掩護。那裡將提供你們庇蔭與食物。你們覺得如何？」

小牢騷率先起身，蹭蹭他的手足們。「快起來呀，你們兩個。」其他兩隻幼犬跟著緩緩起身。

幸運率隊前進，麥基殿後，提防土狼再度出現。

他在小路上仔細嗅聞，確保安全，當他回頭張望幼犬們時，很高興小牢騷終於幫上忙，用他的口鼻來回地在手足之間熱情地舔舐，鼓舞他們。

幸運縱使覺得感激，卻仍感到不安。他們逃過土狼這一劫，但小牢騷卻拒絕躲藏。幸運不禁想起幼犬被他壓制時極力反抗的景況。**他不喜歡受人指揮**，幸運心想，**對事總有自己的見解。小牢騷雖然逃過這一劫，但幸運看得出來，他同時是個冒險家。**

冒險可是會害一條狗喪命。

第十一章

幸運趴躺在岩架底層粗糙的地面。這裡是當初狗幫穿過森林，最後定居於此的地點。他費盡心思才幫助狗幫抵達這裡，如今……

這裡荒涼一片。

他掃視這地方，尋找狗幫的蹤影，發出長嗥，他的尾巴癱軟，耳朵低垂。狗幫消失無蹤。沒有任何一隻狗上前迎接他，也沒聽見狗兒發出的吠叫聲。就連艾爾帕的咆哮聲和狼一般的臉孔也不見蹤影。

麥基走近幸運身邊，嗅聞石頭堆。

「他們去哪兒了？」黑白犬問。恬恬、小牢騷與拉拉站在他的身後上氣不接下氣。

幸運嘆了一口氣。「我不知道……他們應該是在我離開不久後才遷徙。幾乎難以看出他們朝哪個方向走。」

恬恬開心地跳往幸運身上。「這裡不是有吃的嗎？」她大聲嚷嚷，四處張望。

幸運默不作聲，麥基從旁走過，在岩架下走動，鼻子朝地面一陣嗅聞，偶爾停下來仔細嗅聞，或是舔舔泥土與小石子。幸運望著他，發現地面留有打鬥的痕跡。他試著比對腳印，心想大腳印可能是瑪莎所留，但是其他腳印難以辨識。其中見到幾個小腳印夾雜，然後消失在一團混亂中：會是陽光？黛西？幸運無從猜測。

幸運幾乎抬不起頭。他要趕在日正當中前叫醒其他狗，帶他們返回狗幫的營地。拉拉不斷嚷著腳疼，幸運得向他們述說其他狗幫成員的英勇事蹟以及吃不完的食物，好提振他們的精神。然而他所描述的事與事實有所出入，狗幫成員老抱怨這裡地面崎嶇，缺少獵物，不過幸運倒希望他們現在安頓好，並找到所需的食物。

「你們會愛極了狗幫的生活。」幸運對幼犬們說，「瑪莎會教會你們游泳，費瑞則是一名優秀的獵者。你們可以從他身上學到許多獵食的技巧。」當他描述這些事時，他的內心不免感到掙扎，但他有什麼選擇呢？

他得確保幼犬們能夠適應他們的新家。若沒有其他狗看顧他們，不用幾天他們就會喪命。他十分確定。這是假設狗幫成員願意接納他們的前提之下，幸運不願去想萬一他們不願接納幼犬的事實。但可以確定的是，即使狗幫不願意接納幸運，他們也沒有理由拒絕收養這群孤兒。

但是狗幫怎麼會在一夕之間消失無蹤？幸運想到此不免打個哆嗦。岩架底下的狗幫地盤看起來漆黑、空蕩蕩一片，卻不見任何掙扎的跡象。拉拉跳向幸運，睜大了眼。

「你說過這地方很安全。」他說，短尾巴在兩腿之間搖擺。「但是我卻不覺得這裡看起來很安全。」

「我知道，很抱歉。」幸運回答，「我們離開時，狗幫還在。應該能夠循著他們的氣味，找到他們。」

他卻暗自思考：**幼犬們還有餘力繼續走下去嗎？這附近難道危險重重？狗幫才會匆忙離開？**

幸運嚥了嚥口水，倏地起身，甩開環伺在疲倦四肢的恐懼感，走近拉拉，舔舔小幼犬的頭。

「營地的位置更動了。」他對幼犬說，「但我們會找到它的，不是嗎，麥基？」

農場犬發出吠叫聲附和。「我應該聞到他們離去的方向，他們似乎沿著湖邊離開。整個狗幫團體行動。這是好消息可不是？拴鍊犬與荒野狗幫肯定拋開了彼此的歧見。」

拉拉低頭默許，加入恬恬與小牢騷的行列，他們在湖邊找到平坦的石頭，在陽光下伸展四肢。

幸運望著幼犬離開。他滿腦子想著自己遭到驅逐時，貝拉與甜心之間的衝突，因此沒有立刻對麥基的問題答腔。

「走吧，幸運。如果加緊腳步，說不定天黑前就會趕上他們。」麥基興緻高昂衝撞幸運的頭，然後停頓下來。「怎麼回事？」

幸運垂下頭。「他們或許不願意我接近。」

「這是什麼意思？」

「我離開狗幫了，麥基。」

黑白犬望著幸運一臉困惑。「是我們不對，向他們認錯就是。」他仰起頭。「都已經走到這步田地，克服困難，你爲何愁容滿面？」他望向幼犬。「你可不能拋下我們，幸運。特別是現在。」

幸運望著同伴的眼睛，儘管尾巴依舊下垂。「你是自願選擇離開，跟我的情況不同。艾爾帕將我驅逐出狗幫。」他壓低音量，不讓一旁等候的幼犬聽見。「他指控我是叛徒，狗幫不需要我。」

麥基眉頭深鎖。「胡說。事情不是這樣！你是我所見過最有膽識與聰明的狗。」他舔舔幸運的嘴。「艾爾帕害怕你這樣的狗會挑戰他身為領導者的地位。他根本不夠資格！換作其他狗，早就拋下狗花園這群幼犬，但是你卻沒有這麼做。跟你在一起，激發我內在的勇氣。你必須跟艾爾帕表示清楚，你一樣可以領導眾狗。」

「我會盡力。」幸運喃喃回答，同伴這番話雖然令他感動，卻不夠說服他。

距離幾步之遙，無聊的幼犬們開始玩起打鬥。小牢騷撲向拉拉，他們在泥地上翻滾，彼此叫囂。恬恬則咬住野花的莖部咀嚼起來，然後立刻吐出，臉部皺縮。

「呃！難吃死了！」

拉拉鬆開小牢騷。「什麼時候才有真正的食物可以吃？」他舔舔嘴，嚷嚷道。「我餓極了！」

「我也是。」小牢騷附和。

「我們很快就可以找到吃的。」幸運小聲回應。

「他們怎麼樣？」小牢騷大喊，朝湖邊奔去。他站在湖岸邊，朝一群水鳥發出吠叫。水鳥們轉頭望向幼犬的方向，接著若無其事繼續啼叫。

幸運望著水鳥，明白不可能捕捉到他們。「我們再去找田鼠，或是兔子也行。只要保持耐心，瞧瞧森林之犬要提供給我們什麼食物。」

儘管一整天下來，一隻兔子也沒見到，不過這地方應該還有其他東西可吃。幸運開始嗅聞營地四周。麥基說得對：眾狗的確沿著湖岸離開這裡，離開森林，以及充滿不祥預兆，散發著死亡與空無氣味的猛犬巢穴。

幸運的目光朝那個方向最後一瞥。越過森林的那座城市曾是他的家園。他突然想起巨大的籠鳥，不知道他們是否飛往這個方向——或許這正是狗幫離開的原因？

「誰是森林之犬？」恬恬問，她沿著岩架下方的邊緣蹦跳，追逐蟻群。

幸運驚訝地朝她眨眨眼。「找個機會我們好好坐下來，我再告訴你們神靈之犬的故事。」

「森林之犬會替我們準備食物嗎？」拉拉以他微小卻拉高的聲調問。

「他不會替我們料理食物，不過卻負責看顧著樹木與動物。他會庇佑我們，他會保護狗兒的安危，如果他的心情好，會供給我們美味的食物，例如田鼠與兔子。因此牢記森林之犬是很重要的一件事，並在內心感念他的庇佑。如果你肚子餓的時候，你可以向祂祈禱：『睿智的森林之犬請賜予我食物。』一旦獵捕到食物，享用完你的田鼠，記得默念一句『森林之犬謝謝你。』」

拉拉與走向他們的小牢騷彼此交換眼神，感到困惑。恬恬止住腳步，深色的眉毛皺縮一塊兒，若有所思。「如果森林之犬看顧森林與動物，這不就意味他也會同樣庇佑田鼠與兔子？」

「森林之犬睡覺的地方在哪裡？」拉拉問，甩甩平貼的耳朵。「他有自己的地盤嗎？想必很大。他肯定是個大巨人才可以看得這麼遠。」

「我們不算在森林裡。」小牢騷指出。「這裡有很多樹木不見了。一、兩株樹木怎麼能稱作森林？」

幸運回憶起幼時的暴雨之夜。他也曾經問過狗媽媽同樣的問題，想要弄清楚環繞在他四周偉大且神祕的世界。狗媽媽不厭其煩地回答他的問題，告訴他天犬與閃電的事。

「沒錯。」拉拉接著插嘴。「森林裡會有很多的樹。」嬌小的幼犬興奮地喘著氣，彷彿這個發現十分不可置信。

幸運搖著尾巴，這群小傢伙說得有理。他望向岩架四周與這附近，有棵落單的樹木，樹皮斑駁，呈現銀色。他早就已經遺忘如何帶著好奇與天真的目光探索這個世界。此時，記憶向他湧現，當年他的乳名喚作亞普，常跟他的妹妹嘰喳一起嬉鬧。她經常突襲他，從背後朝他衝過來，笑鬧著咬住他的耳朵。

幸運突然一陣興奮，轉過身，輕咬住拉拉多毛的頸部。小牢騷開心發出吠叫，開始沿著湖岸邊奔跑，奔向岩架。

「抓不到我。」他大喊道，幼犬的短腿有力地踩在沙地上，不一會兒便遙遙領先其他狗，幸運最後才追上他。他發出友善的吠叫，猛撲向小牢騷，幼犬發出吠叫，此時幸運正舔著他的臉。他從後方發動攻擊小牢騷時，幸運感覺拉拉輕咬住他的腿。最後，大夥滾在一塊兒，打鬧著。

幸運開心地喘著氣。看見幼犬們如此淘氣，渾身是勁，令幸運感到欣慰。

他差點忽視恬恬的存在，直到他聽見麥基的聲音，對她發出警告：「你追不上他們的！」

幸運抬起頭，看見恬恬相隔一段距離，遠遠待在岩架另一側，死命奔跑。一團灰撲撲的動物跑在她的前端。

「我快追上了！」恬恬興奮大喊。

幸運定神一瞧，原來她追的是隻松鼠，小動物正朝著一棵銀色樹幹的樹狂奔。恬恬緊追在後，腳程之快就連泥土也翻了過來。

她的速度過快，肯定一股腦撞向樹幹！

「快阻止她！」幸運驚覺大喊，開始追趕在恬恬身後。他的心著急地要跳出來，四肢拚了命狂奔。

麥基跟著奔向大樹，往前衝，不過松鼠卻率先抵達。牠鑽進樹根底部的洞，立即不見蹤影。恬恬跟著朝洞口一撲，麥基即時抵達。起初，恬恬像要直接鑽進樹洞內，她的頭部與前爪都鑽了進去，身體卻卡住無法動彈。

恬恬的身體前半部都鑽進了樹裡。後腿卻露在洞口外，胡亂踢著，身體不停地扭動。

「她卡在洞裡了！」麥基大喊。

幸運急忙停下來，朝樹根仔細察看。「恬恬？恬恬，聽得到我的聲音嗎？別掙扎，我們很快就會救你出來。」

小狗聽見幸運的聲音，弓起背，尾巴不停擺動。幸運聞到嬌小的身軀散發出恐懼的氣味，心裡十分不好受。

「沒事，我們就在這裡。」他安撫幼犬，然後轉身望向麥基。「別讓她亂動！」

麥基將他的長鼻子與脖子壓在恬恬的背上，輕輕壓住她。她的尾巴不停擺動，身體與後腿卻盡量保持不動。幸運開始朝樹皮一陣抓扒，想要扒開樹洞，卻比他所想要困難得多。這可不像在地面的泥地上鑿洞，樹皮十分堅韌。

小牢騷與拉拉則站在不遠處，拚了命喊叫。

「恬恬忍耐點！」拉拉大喊。

「恬恬！」小牢騷大喊。「恬恬！你會出來的！」

卡在樹洞的小狗肯定聽見手足的喊叫聲，她將身體轉向麥基，尾巴不停搖擺。

「冷靜！」雖然麥基要求所有幼犬別慌張，小牢騷與拉拉仍驚慌地四處跑跳。

幸運不理會紛亂的場面，繼續抓扒樹幹，直到一片樹皮鬆脫。還不夠……

「恬恬停止掙扎了！」麥基大喊，他的聲音因爲恐懼而發顫。幸運朝後一退，見到恬恬的尾巴虛軟地垂著。

她無法呼吸！

幸運放棄抓扒樹幹一途，他鑽到恬恬的身體下方，朝洞口下方的土壤用力扒。泥土開始鬆落，幸運使勁抓扒。他知道自己在跟時間賽跑，恬恬的後腿已經虛軟地落在地面。幸運拚命抓扒地面，四肢因爲虛脫而發抖，苦不堪言。霎時，恬恬彈出洞外，趴躺在地面氣喘吁吁。

幸運與麥基總算鬆了一口氣，不斷舔著她黝黑的小臉蛋。小牢騷與拉拉跟著加入，開心地蹭著手足的身體。

小牢騷轉身面對幸運，舔著他的臉。「你救了她一命！謝謝你！」說完，轉身返回恬恬身邊。拉拉儘管沒多說些什麼，卻小心翼翼地把頭蹭往幸運的身上。

幸運倒臥在他們一旁的崎嶇地面，上氣不接下氣，渾身寒毛仍不住發顫。他感覺到胸口發燙，明白自己爲了保護他們的安危不計一切代價。

麥基在他身旁趴躺下來。「眞是千鈞一髮！」

「是啊。」幸運嘆口氣。最後，他終於鬆了一口氣，用眼角的餘光，看見幼犬們此時，繞著圓圈，彼此舔咬，彷彿什麼都沒發生。**他們可真是無憂無慮，精力旺盛。我曾經也這樣過嗎**？

幸運突然間聽見地面傳來腳步聲響，於是立刻跳起身，豎起耳朵。湖岸邊的雜草堆似乎有動物出沒。根據腳步聲研判，應該是狗不會錯！幸運當下起身，目光望向幼犬，他們仍舊在附近嬉鬧。他暗自發誓不讓小狗們受到任何傷害。即使狗幫不願意接納他回去，他也會盡可能護送他們前往目的地。如果危險將迎面而來，這回他已做好準備。

第十二章

長長的雜草往兩旁分開，一顆毛茸茸的白色頭顱冒了出來。

黛西！

她興奮大喊，轉著圈圈，奔過草地，在空中躍起。

「幸運！幸運！我就知道你會回來！你還把麥基帶回來了！」

幸運感染了這份喜悅，與麥基並肩朝她奔去。「黛西！」他大喊道，尾巴在空中搖擺。「我們以為你們都離開了！」

她低下了頭，幸運與麥基在她身旁跑跳，開心地舔著她。「我感到很抱歉。」她低聲說。「我們不該讓你離開……」

「我們返回營地，不過你們都不在那裡！」麥基對她說。

黛西抬起頭，眼裡閃著光。「他們都說你離開對大家都好，但是我知道你會再回來！」她說。「我就是知道……」她的目光落在幸運與麥基身後，開心的聲音頓時停止。

幸運轉過身去，看見三隻幼犬瞪大了眼望著。

黛西倒抽一口氣，往後退了一步。「他們在這裡做什麼？」

拉拉走上前，站在幸運身邊，目光卻未離開黛西。幸運舔舔他的鼻子表示友好。

「我聞到了恐懼的氣味……」拉拉小聲說，「就像麥基第一次遇見我們的時候。」

麥基聽見拉拉這番話，步上前，走向幼犬。「我不再害怕了。」他安撫道。

「但是你一開始真的有怕。」拉拉加大了音量。「你們爲什麼對我們這麼害怕？」

麥基望向幸運，他正在思考該如何回答。**我們要怎麼對他們描述他們的父母喜歡獵殺**？小牢騷似乎知道自己是猛犬的子嗣，但是他知道這意味著什麼嗎？

體格壯碩的幼犬越過大夥，走向黛西，她朝後一退，空氣中彌漫著恐懼的氣味。

小牢騷開口說：「難道是怕我們日漸茁壯，身形不久將變得龐大，就跟母親和營地裡的其他狗一樣。以後沒有一隻狗敢動我們一根寒毛？」雖然他的聲音尖細，黛西仍舊退縮一旁，尾巴緊貼著身體。

幸運不免渾身發顫，**這麼說他明白這是怎麼回事**，他心想。

「幸運。」黛西瞪大了眼望著他，「你偷走？猛犬的幼子？」

「不是這樣。我們別無選擇才把他們帶在身邊。」他回答。

「你從狗花園把他們帶走？你難道忘了我們曾受困於此，這群狗有多殘酷的事嗎？」

幸運步上前，走向拉拉，他看上去一臉困惑。他用鼻子蹭蹭小狗，接著回頭望向黛西。「狗花園不見任何一隻狗的身影，只留下一群幼犬，我們不能對他們見死不救。」

「為什麼不行？猛犬們想必不會把自己的孩子留在營地太久。說不定他們已經開始在尋找他們的下落！他們難道不會勃然大怒？想辦法報復偷走幼犬的兇手！」她的聲音顫抖，耳朵因為緊張而抽動。

「我們就站在這裡。」恬恬喃喃說道。「聽得到你們說的話！」

「說眞的，黛西，不會有事。」幸運向她保證，然後走到小牢騷身旁。「狗花園空蕩蕩，猛犬的味道消退一段時間了，不會因此找上門。這群小狗飢腸轆轆，加上狗媽媽……」他及時止住，「跟地犬在一塊兒。」

黛西點點頭，表示明白，儘管她仍舊一臉狐疑望著小牢騷。

幸運繼續往下說：「我們不能把他們留在原地活活餓死，換作任何一隻狗都會做出同樣的決定。」他低下頭蹭蹭小牢騷兩耳。幼犬並未做出回應，他的身體僵硬，對黛西怒目相視。

希望他別衝動行事，幸運心想，他想起小牢騷當初可一點都不害怕土狼的威脅。

黛西試探性向前跨出一步，卻因爲小牢騷朝她齜牙咧嘴，微微發出咆哮時愣住。

「不要緊。」幸運小聲說，他低下頭蹭蹭小牢騷的耳朵。「黛西是狗幫來的朋友。」

「她看起來似乎並不友善。」恬恬說。

「朋友說話不會這麼惡毒。」拉拉帶著沮喪說。

小牢騷靜默不語，儘管他依舊咧著嘴角。

「其他的狗都去哪兒？」麥基問，他將目光望向頭頂的岩架以及平靜的湖面。「你怎麼不跟大夥一起？」

「你離開之後，艾爾帕指派貝塔、費瑞與史奈普去勘察地形。我想他應該是擔心食物的事，因爲營地附近根本見不到任何獵物。春天認爲這裡的地面過於堅硬，兔子無法在此挖掘地洞，所以才不見他們的蹤影。因此我們選在湖的另一邊，靠近河水的地方建立一處新地盤。河水應該是流過森林的同一條河，我不是很確定。河水清澈、味道香甜，眞是美味。」

幸運點點頭，慶幸狗幫決定遷徙，而這個決定與那批在天上飛行的巨鳥沒有一點關係。他對於黛西輕鬆談論荒野狗幫的事感到好奇，彷彿他們是老同伴般。**她並未花費太多時間，適應艾爾帕訂下的規矩**。幸運不免感到一絲憤恨，最後，當兩隻狗幫拋開嫌隙，聯合起來，他的立足之地何在？在他缺席的這段時間裡，他們是否共享大嗥叫，連絡拴鍊犬與荒野狗幫之間的感情？

黛西以後腿抓搔她的耳朵，「他們都說你們離開得對，但是你們會再回來！我回到這兒來查看幾次，今天才有所收獲。」高興的音調卻立刻變了調：「噢，幸運，對於你的離開我感到很難過。狗幫肯定會很開心見到你們！貝拉、瑪莎和其他同伴！」

幸運的目光望向湖面。**並非所有的狗樂意見到我回來吧**。他不禁想起甜心將作何感想。當他想起她眼裡的憤怒時，胸口不免感到一陣難過。她是否願意原諒他？

「帶路吧。」他強顏歡笑對黛西說。

這隻體型嬌小的狗立刻帶著他們穿過長長的雜草，沿著來時路折返，順著湖的四周前進。幸運站往一邊，讓幼犬與麥基走在他的面前。拉拉蹦蹦跳跳地跑過，滑稽的尾巴成了恬恬攻擊的目標，她朝手足的尾巴咬了一口。

小牢騷走在幸運前頭，尾巴直直落在後方，絲毫不理會其他幼犬。他向後回望，面無表情，不見任何喜怒哀樂。

幸運神經一陣緊繃。他不知道小牢騷要如何融入龐大數目的狗幫。他不喜歡接受他人下達的命令……而且他顯然不喜歡受到質疑。如果他面對艾爾帕的態度跟黛西如出一轍，後果將不堪設想。

但這又是對誰而言？

第十三章

一整排松樹散發的香味遮蔽了空氣中原有的氣味，不過當大夥接近河岸邊，幸運已經聞到了狗幫的氣味。他知道自己很快就要見到瑪莎時，尾巴突然搖擺了一下，卻又在聞到狼犬身上散發的麝香味時，朝下一垂。

艾爾帕。

黛西先是朝地面抓扒一番，接著興奮地轉了一圈。「地點就在群樹後方。你們肯定也會喜歡。我們的新家既安全又溫暖：是個龐大的洞穴，入口處爬滿了長了刺的藤蔓，能夠嚇跑入侵者。噢，幸運，大夥肯定很開心見到你！」

幸運自己可不這麼認為。但是已經走了一段路，沒有回頭的餘地。他低下頭對幼犬們說：「你們三個先在這兒等一會兒，我很快就會回來，我必須向其他狗解釋你們出現的原因。」

拉拉睜大了眼望著他。「你該不會丟下我們，是吧，幸運？」

「他們不會接受我們的。」恬恬說。

「他們肯定嚇壞了。」小牢騷接著說，他的目光帶著指控意味似的，望向衝往樹林的黛西。

「他們不會被嚇到，而且會接納你們。」幸運向他們保證。「在這裡等著，我會回來接你們。」他在小狗的頭頂很快舔了一下，接著轉過身去，跟著黛西與麥基穿過樹林。

希望我是對的，他心想。

「流浪漢走回頭路了呀。」

艾爾帕黃澄澄的目光冷冷望著幸運，令他一陣背脊發涼。

幸運微微轉過身去，望著在場的眾狗。貝拉站在達特和春天旁邊，抬著頭。體型龐大、溫婉的瑪莎的寬闊下顎吐著舌頭。甜心則顯得十分鎮靜，修長的臉龐面無表情，柔軟的耳朵下垂。布魯諾站在她身邊，後腿夾著尾巴。

「怎麼回事？」北鼻問，但是月亮用鼻子蹭蹭小狗要他安靜。她的耳朵下垂，與費瑞彼此交換眼神。

他們對於我的遭遇感到同情，幸運明白。**呃，隨他們去吧！是他們默許艾爾帕將我驅逐離開的。他們是該感到羞愧。**

在場唯一開心見到幸運的是史奈普，她有力的尾巴在空中搖擺。小懷恩眼裡則閃爍著喜悅的光芒。

幸運實際上只離開幾天，卻感覺像是過了一年。當他明白拴鍊犬與荒野狗幫融入在一塊兒，他感覺到自己像個外來客。他們是從什麼時候開始已經適應了彼此？

他回頭望向麥基，他站在原地，等候誰先開口。農場犬的毛髮襯著腳底柔軟的草地顯得閃閃發亮。草地欣欣向榮。鳥兒在頭頂啁啾，幸運聞到了兔子不久前的排泄物氣味。這是幸運向幼犬們保證能夠享用到美食的證據。

他對新營地感到印象深刻。狗幫在山腳下找到一處好地點，周圍的松樹能夠阻擋風吹，而且擁有乾淨的飲水。遠處的石堆生長著短草，微風中傳來陣陣的野花香。岩石區過去再度見到一片森林，樹林蓊鬱。這裡是個充滿香氣的平靜之地。就算沒有他的加入，他們也能夠在此安居樂業。一陣遺憾令幸運如鯁在喉，但是當他再次與艾爾帕的目光接觸時，遺憾立刻消失。

狼犬輕蔑地望著他，然後齜牙咧嘴，露出牙齒。「你跟寵物犬難道無法自立生活？」

幸運聽見麥基在他身後輕聲發出嗚咽。

「寵物犬，你們家主人的玩具呢？」艾爾帕語帶嘲諷。

麥基渾身僵住。「我扔了它。」他舔舔嘴。「我誤以爲主人會回返家園，城市卻跟我們離去時一樣……甚至更糟。」

黛西與瑪莎難過地點點頭。

「我不該離開。」黑白犬繼續往下說，「我在想……」他望著幸運，「我們想要再返回狗幫。」

艾爾帕撇撇嘴，露出他的白牙。「如果你們眞有如此需要狗幫，最好證明自己的心意。」他把頭向前探出。

他意指要我們向他表達臣服之意，幸運背脊高聳。**我可不會向這個見到黑雲就魂飛魄散的懦夫低頭**。他深呼吸一口，試著甩開他的挫折，想起三隻幼犬還在營地外等著：他沒時間跟對方爭辯。

艾爾帕步上前，目光注視著幸運。他的上唇微微顫抖，唾沫掛在嘴邊，沿著發亮的尖牙流下。「快證明呀，城市佬！證明你們需要我們。」

幸運並不打算向眼前這隻狼犬表示屈服。他直挺挺站起身，張嘴準備做出回應，但在他來得及開口前，就被一連串尖聲喊叫打斷。

幸運轉了一圈。陽光急穿過眾狗，灑落在幸運與艾爾帕之間。

「猛犬！」她上氣不接下氣大叫。「我聞到他們的氣味，你們沒聞到嗎？猛犬在這附近出沒。」

一連串緊張的吠叫聲在狗幫之間此起彼落。費瑞緊貼著北鼻與妞妞發出嗥叫。甜心朝空氣一陣嗅聞，小懷恩則忍不住發出抽噎，捲曲的尾巴顫抖著。

「我也聞到了。」甜心發出咆哮。

艾爾帕朝前一跳，灰色的毛髮豎起，讓他看上去膨脹了兩倍大。「他們在哪裡？殘酷的懦夫呢？快現身！」

當他轉身望向松樹，幸運見到了麥基焦慮的目光。返回營地的過程跟預期有段差距。

「沒什麼好擔心的。」幸運在一陣吠叫聲中大喊。「不過是我們帶來的三隻幼犬。」

艾爾帕目光掃視四周。「你把他們帶來？」

「恬恬！小牢騷！拉拉！過來吧。」幸運呼喚。

狗幫成員們望著幼犬從樹叢間走出。在恬恬的帶領之下，他們穿過長長的雜草，走向幸運。

貝拉、達特與春天朝後退，讓小狗們通過。布魯諾爬到黛西身後，小懷恩則把頭埋進腿間。

幸運內心一沉。麥基與黛西當初面對小猛犬的激烈反應該令幸運心生警惕，但是他卻以爲狗幫會選擇接納他們。**這群狗在大咆哮發生後存活下來，卻害怕眼前三隻小狗**？

史奈普蹲坐下來，耳朵朝後服貼，嘴唇顫抖。她一向善於適應環境。幸運走向幼犬身邊。旁邊是那隻獵犬，他不喜歡她臉上的表情。小牢騷朝史奈普的方向嗅聞，皺起眉頭。幸運納悶小牢騷是否感覺到史奈普豎起的毛髮散發的敵意。

「你到底有沒有腦袋，愚蠢的城市佬？」艾爾帕大聲咆哮。「這是你對我展開報復的方式嗎，把這群邪惡的傢伙帶進我們的營地？」

恬恬發出嗚咽，幸運忍不住發出咆哮。「他們不過是群小狗！母親不在身邊，猛犬幫的狗放任他們待在巢穴自生自滅。」

「他們的巢穴在哪裡？」達特的肩膀不住地發顫。

「在遙遠另一端，穿過森林朝向城市的地點。」幸運向她保證。

「要是你們被跟蹤呢？」貝拉問。這是她跟幸運說的第一句話。

麥基搶先一步回答。「我們並沒有被跟蹤。猛犬們已經離開他們的巢穴，留下幼犬們挨餓等死。幸運說得沒錯，我們眼睜睜看著他們餓死。」

艾爾帕小心翼翼望著這群幼犬，瞇起他的黃色眼睛。「他們現在尚未發育完全。」他咆哮道，「但他們很快就會長成跟猛犬一樣的體型。變成惡劣、心懷不軌的傢伙。」

拉拉發出嗚咽，緊貼著幸運的身體，恬恬與小牢騷則瞪大了眼，望著眼前這一切，短尾巴低垂。

「他們不一定會成爲這樣的狗。」幸運說明道，「沒有任何一隻狗天生下來就是如此，就像我也不是一出生就懂得在城市裡討生活的道理一樣。猛犬們天生被教導要殘酷……是身處的環境造就了他們的性格。」他凝視著在場的衆狗，看見懷疑的表情。「艾爾帕，你的身體裡有一半狼的血統，不是嗎？但你卻能夠牽領一大群狗。」幸運明白自己正踩在地雷上。

恬恬抬頭湊近幸運的耳朵。「他們爲什麼不喜歡我們？」她小聲問。

他望著她困惑的目光回答。「因爲他們感到困惑。」他低聲說，「他們把你們當成其他狗，但實際上你們並非如此。」他明白小狗們或許無法理解這番話的意思，但是他想不出其他方式說明。麥基向前走近小牢騷，他仍帶著一副不好惹的模樣，儘管他的尾巴下垂。

艾爾帕不去理會麥基與幼犬們。「我的血統跟這件事有何關聯？」他粗啞著嗓子說。「我雖然具有一半狼的血統，不過身上也有一半是狗，明白如何領導我的狗幫！」

他走上前一步，拉拉小聲發出吠叫，躲到幸運身體下方。幸運迅速解釋。「拴鍊犬們一開始不是也無法適應狗幫的生活，但是他們學得很快。」他轉身望向布魯諾，目光帶著一絲淘氣的幽默問，「不是這樣嗎？」

年長的狗兒目光移向他處，帶著羞赧，喃喃發出附和。

「狗兒的性格不會輕易改變。」甜心接著說。「他們或許能夠假裝，但這是兩碼子事。」

幸運感到胸口緊繃。**她這番話是什麼意思？**

「我認爲是同一件事。」麥基說，他上前一步，因此其中一邊站著幸運，另外一邊則是三隻幼犬。「你們還記得我從前的模樣嗎？我從不認爲自己可以離開主人生活，無法想像沒有他們的日子。但現在，我知道他們這一去不會再回來。而我仍會好好活下去：我學會獵食，學會保護自己，也能夠對狗幫有所貢獻。大夥生活在一起自立自強，不是嗎？」

瑪莎發出吠叫表示同意，史奈普則是歪著頭，豎起耳朵仔細聽。

「如果拴鍊犬跟我一樣都能夠做出改變。」麥基接著說，「那麼，幼犬們肯定也都辦得到。狗兒並非生來如此邪惡。」

「我認爲的確是這樣。」月亮晃動著她的柔細長毛髮說，目光望向恬恬、拉拉與小牢騷。「在狗幫的教導之下，我們可以教會這群幼犬如何和諧地生活一起。不必像他們的父母親一樣暴力，又具有攻擊性。如同幸運所說，如果拴鍊犬們學會了野地求生技巧，這群幼犬爲何不能學著高尚正直？」

艾爾帕發出狼一般的嗥叫，震攝在場的狗，月亮嚇得後退。

「你們全都是蠢蛋嗎？我們不能養大這群猛犬！這就好比你們在壯大自己的敵人。我們必須除掉這群害蟲，免得日後他們長得身強體壯之後危害我們。他們的體內流著野蠻的血液，與我們分享食物並不會改變這一點。」

「你怎麼能夠如此確定？」幸運怒吼，他挺直四肢站著，向狗幫的領袖採取防衛的姿態。

「這個說明了一切。」艾爾帕回應道。他伸出自己的左前腿，幸運見到對方的腳掌上有一道很深的疤痕，灰色粗毛之間露出一道結痂的傷口。他從未注意過這個傷疤，如今這一幕簡直觸目驚心。

「這個殘酷的惡魔差點吃掉幼年的我。」艾爾帕提高音量。「你稱呼他們為猛犬，不過狼群替他們取了另一個名字。對狼群來說，他們可以說是長爪的走狗，因爲長爪訓練他們成爲專門咬殺的野獸。你竟笨到將他們帶來我們的營地！」

幸運感到畏縮，渾身嚇得發冷。他環顧四周，與貝拉質疑的目光相接。**她肯定認為我又再次做了蠢事……**

他想起貝拉如何放任艾爾帕將他驅離狗幫，還有她竟愚蠢到想要利用狐狸攻擊荒野狗幫。他的妹妹沒有權利評斷任何一隻狗的言行。

狼犬繼續往下說：「你說你發現這群小狗活活挨餓？母親已經喪命？」

「是的……」幸運迅速望了拉拉一眼，此時他正緊緊貼著幸運。恬恬則站在弟弟的身邊，小牢騷則站在他們前方不遠處，緊挨著麥基。

「猛犬爲何棄幼犬們於不顧？萬一他們返回營地想要接走他們，卻發現他們失蹤呢？」

「我也過同樣的懷疑。」麥基回答。「不過猛犬的氣味已經消散一段時間，他們的母親至少一整天沒有任何動彈。」

艾爾帕的目光越過眾狗，望向松樹群。「這意味他們的狗幫肯定在某處，尋找獵食的目標，或是前往他處尋找什麼。」

「就算推論屬實，重點不在幼犬是否出現在這兒。」瑪莎用她低沉、溫柔的聲音說。她帶著有蹼的腳掌走上前，她的體型幾乎跟艾爾帕一樣龐大，卻不會利用這一點恫赫其他狗。她低下略微喘著氣的寬闊下顎，望著幼犬。「他們年紀還小。」她低聲說，「將來可能變得仁慈且勇敢。我們憑什麼將他們貼上『惡犬』的標籤，不讓他們有機會證明自己的良善？」

恬恬走向瑪莎，將自己埋在大狗一身濃密、深色的毛髮裡。拉拉跟著跑過來，小牢騷接著跟進。瑪莎蹭蹭幼犬們，他們低聲發出吠叫，簇擁在大狗的腹部底下。

「他們不過只是孩子，我們應該記得。」瑪莎說，「並且相信幸運的話，畢竟他把麥基安全帶回來。當初他被逼迫離開，現在卻願意拋開一切返回這裡，我們應該感激才是。」她難過地望著幸運。

「大咆哮之後，世界出現劇烈的轉變，我們還在尋找最佳的生存之道。就像麥基剛才所說，我們應該團結一起。」瑪莎抬起毛茸茸的頭望向艾爾帕。「如果營地遭逢危險，我們可以以狗幫的力量擊敗它，幸運比誰都清楚要如何捍衛自己。」

「我們應該給幼犬們一個機會。」費瑞附和。

史奈普的態度也軟化了下來。「他們並沒有做錯什麼，對吧？」

艾爾帕轉過頭，目光銳利環伺在場的眾狗。

他知道自己寡不敵眾，幸運心想，**但就算他堅持將幼犬們處死或是遺棄，也沒有誰能夠違抗他的命令。**

艾爾帕低下他的長鼻子望著幼犬，接著抬起頭望著瑪莎的眼睛。「很好，他們可以留下來……」他的黃色眼睛望著幸運。「不過他們歸你管。」

「這麼說我們可以留下來囉？」拉拉興奮大喊，他從瑪莎的肚子下面鑽出，蹭著幸運的腿。瑪莎總算鬆了一口氣，麥基則以鼻子小心蹭著小牢騷和恬恬。

幸運的目光仍直視著艾爾帕。「這是指……我可以……？」

「你暫時可以留下。」艾爾帕說，「但是得回復歐米茄的地位，不過得身兼訓練與教導小猛犬的任務，確保他們長大之後能夠效忠狗幫，服從狗幫，而非變回野蠻的野獸趁著我們睡著時殺害我們。」

「絕對不會發生這樣的事。」幸運保證。

「身爲歐米茄可不容易。」懷恩發出竊笑，短尾巴搖了搖。「你確定自己能夠勝任這份工作，城市佬？」

幸運決定吞忍這份屈辱。如果這是艾爾帕答應讓猛犬留下的代價，他願意無條件接受。

狼犬轉過身離開。幸運望著他走向覆蓋著柔軟青苔的小土臺，在陽光下伸展四肢、翻滾身子，打起了哈欠。

他給自己做足面子、找了台階下，但幸運納悶烏雲事件後，艾爾帕的領導能力是否受到了挑戰。

其他狗是否明白世界失去了長爪之後，他就跟我們沒兩樣，急著替自己尋找立足點？

幸運轉身望向幼犬，他們聚集在瑪莎與麥基之間。

「好消息。」他告訴他們。

「但他們不要我們啊。」恬恬說。

「他們認爲我們很危險。」拉拉附和。

瑪莎低下頭，用舌頭舔舔他們。幼犬們蹭著她，幸運受到感動。他見到幼犬緊靠著她，或許她讓幼犬們想起了自己的母親。就連小牢騷也開心地吠叫，用他的短鼻子蹭著她的腿。

「你們會受到應有的照料。」瑪莎向他們保證。她緩緩轉身朝她的窩巢前進，幼犬們緊跟在後。他望著他們好一會兒。或許事情到最後能夠出現圓滿的結果。

接著，他的目光落在甜心身上，她蹲坐在一旁，舔著其中一隻優雅的腿，當她的目光與幸運相互交會時，臉上出現奇怪的表情。她究竟是難過……亦是惱火？幸運的耳朵下垂，朝甜心抬起頭，只不過快腿犬卻將目光瞥向一邊，扭曲身子，梳理她的尾巴。

幸運轉身，看見貝拉過來向他示意，他沒注意到她向他走近。她的嘴吐著粉紅色的舌頭，身體朝前，舔舔他的鼻子，不過他卻向後退縮。

「別這樣！」她抓扒著地面，接著再次湊近幸運，他卻弓起背，她只好停下動作。「拜託，幸運，我錯了。狗兒大戰之後，我們一直沒有機會單獨談談。我必須找你談。」

幸運作勢離開，貝拉卻止住他。「我跟艾爾帕說的是眞話。我眞蠢，不該攻擊荒野狗幫，更愚蠢的是，沒有事先警告你。」

幸運抬起頭。「狐狸的事呢？」

貝拉垂下頭。「我眞是大錯特錯。艾爾帕要你離開狗幫時，我應該站出來替你說話。我眞的這麼想，覺得……自己應該替拴鍊犬著想。我當時擔心艾爾帕將我們逐出狗幫或是對我們採取攻擊，拴鍊犬將不知如何存活下去。你可以原諒我嗎？」

幸運感到內心一陣拉扯，他眞想要發出怒吼將複雜的情緒驅趕離開。

艾爾帕將我驅逐離開時，貝拉卻保持緘默，他在內心對自己說。**她讓我背負引起大戰的責任。她背叛了我！她所做的事根本無法原諒。**

他的尾巴在身後搖晃著，他嘗試離開，但是沒走幾步，貝拉再度叫住他。

「亞普……？」

幸運停下腳步。霎時，他彷彿躺在狗媽媽的懷抱，手足們彼此簇擁，大夥緊挨著彼此的身體。他轉過身，與貝拉眼神交會。她的長鼻子垂了下來，眼睛凝視著幸運，她一雙眼睛大而圓，卻顯得悲傷。

幸運嘆口氣。「我知道你這麼做全是爲了狗幫。你的考量沒有錯。向來如此。」

「你能原諒我嗎？」她輕聲重複道。

「到這兒來。」他回答。她衝向前，舔舐他的嘴角，依偎著她的手足，感覺鬆了一口氣。

我願意原諒你，貝拉，他心想。**只是無法忘記刻骨銘心的痛苦**。他很想要相信自己的妹妹，卻辦不到，尤其是在她做了這一切之後。

第十四章

幸運打著哈欠，躺臥在雜草上，聆聽麥基向貝拉、黛西、布魯諾跟陽光轉述他們頹圮的家園如今落得什麼景況。瑪莎則與幼犬們一塊兒站在不遠處。狗幫其他成員四散離開，在天黑前準備入睡。

幸運心懷感激環顧四周。新家就跟黛西當初描述的一樣舒適，狗兒們聚集在吸飽陽光的草地上，位處森林邊緣的洞穴，讓大夥能在裡頭睡得既溫暖又安全。洞穴內部其中一個角落是幼犬們的窩巢，月亮在這裡餵養北鼻跟妞妞。

歷經千辛萬苦，終於能夠返回狗幫尋求庇護是件值得高興的事。

「你們一定不會相信。」麥基向大夥陳述。「整座城市比起我們離開時的情況更糟。前院荒蕪一片，街道破落不堪，還有噁心的液體流出。」

「完全找不到長爪返回的跡象嗎？」小陽光問，她骯髒的白色尾巴又扯住了刺果。「一個都沒有？」

「他們不可能回來了。」麥基感到落寞。「一切顯得荒蕪腐敗。」

「很難想像城市少了長爪的景象，就算我親眼看見。」貝拉說。

麥基嗅了嗅鼻子。「倒是有幾個長爪。」

布魯諾豎起耳朵，黛西則是跳了起來。

「不過他們絕非善類。」麥基迅速補充。「這群長爪惡毒，脾氣又大。他們只想傷害狗。」

「那群可怕的傢伙有著黃色毛皮跟黑色臉龐？」貝拉問。

「不，這群長爪骨瘦如柴而且上了年紀。他們入侵民宅，竊取東西！我們死守著家園，是不是，幸運？我是指……歐米茄。」農場犬補充。

幸運點點頭。**不要緊，我同意扮演歐米茄這個身份，接受艾爾帕訂定的遊戲規則。**

麥基的黑色耳朵下垂，但他繼續往下說，「市區的房子頹圮不堪，而且塌陷，真是慘不忍睹。你們說得對——城市不再值得我們留戀。」

幸運抬起頭望向天空。太陽之犬正緩緩從高聳入雲的天空下降。幸運把頭靠回青苔上，闔上眼。這幾天日子眞是漫長難熬，幸好現在能夠好好坐下來思索。

「這麼說長爪們當眞一去不回了。」布魯諾語帶難過地說。

「唉。」陽光嘆了一口氣。「我們必須盡可能將他們從我們的記憶中抹除。這是現在我們能夠活下去的方式。」

幸運睜開其中一隻眼睛望著她，陽光竟能展現如此的決心令幸運大感佩服。

陽光留意到幸運的目光。「歐米茄。」她開始結巴。「什麼原因讓你決定回來？噢，別誤會，我很高興你這麼做……只是感到有些意外。」

幸運嘆口氣。「正如麥基所言，城市毀滅了。接著，我們發現了幼犬，明白他們唯有待在狗幫才安全。」

麥基附和幸運的說法。

陽光抬起他毛茸茸的白色臉龐。「只因爲這個理由？」

就在幸運打算坦承他很思念狗幫時，遠方一陣嗡嗡聲響吸引他的注意，他曾在林間見到小蟲子飛舞。他豎起耳朵，仰起鼻子。

夜行昆蟲……他抬起頭望向天空，天色並未變暗。**太陽之犬結束他的**

行程前，這群蟲子為何飛了出來？

幸運的思緒被這個聲音占滿，不久聲音愈來愈宏亮，然後轉爲低沉的嗡嗡聲。眾狗頓時一起抬高了頭，麥基開口說：「是巨型籠鳥！我們曾在城市見識到。」

幸運瞇起眼望向天空，胃部因爲恐懼而翻攪。**籠鳥為何選在這時候出現**？**他們還在尋找生病的長爪**？

麥基的觀察沒有錯，幾隻巨鳥頓時映入眼簾，在森林的上空盤旋。狗幫瀰漫著恐慌的氛圍。陽光與布魯諾忍不住發出吠叫，顯得畏縮。不遠處，艾爾帕與甜心挺直腰桿站著狂吠。麥基繼續他的見聞軼事，其中一隻巨鳥竟出現在上空盤旋。翅膀用力舞動發出劇烈的聲響，吞沒麥基的話語。幸運見到麥基返回貝拉身邊，貝拉抬高了頭發出吠叫。兩隻狗緊挨著彼此，四周陷入一團混亂。

巨鳥飛行的高度足夠幸運猛撲過去，只見身邊的眾狗直嚷著。

「長爪！」黛西大喊。「長爪被困在巨鳥的體內！」

眾狗陷入一片緘默，瞪大了眼，望著巨鳥。身著黃色毛皮的長爪懸掛在大鳥腹部裂開的大洞。

「眞的耶！」布魯諾大喊。「長爪們試圖從危險巨獸的肚子裂縫中逃走！」

「我們得助他們一臂之力！」陽光高喊。

幸運示意她小心，難道她忘了自己剛才還說要忘掉長爪？

「不，陽光。」麥基提出警告。「這群長爪可不是狗兒的摯友！我們必須保持距離。」

史奈普朝幸運走近，或許她以為幸運跟麥基要告訴他們關於巨鳥的事。達特與春天跟隨她的腳步，他們緊挨著幸運等他開口。

「他們不是想要逃跑。」幸運提高音量，巨鳥正在他們的頭頂盤旋。「我們曾在森林見過巨鳥降落，長爪離開後又返回，這意味他們並非受困其中。相反的，我認為他們在控制巨鳥。」

艾爾帕與甜心走近，眼睛直直盯著頭頂的巨鳥瞧。他們不斷發出巨響，接著開始朝山谷間飛去，掀起好大一陣風，狗兒們身上的毛髮被風吹得緊貼在身上，營地邊緣的松樹搖晃著。

「大鳥準備降落！」布魯諾大喊。「說不定他們會像在森林那般走下巨鳥。」他開始興奮地抓扒地面。「我們應該去找這隻巨鳥，提供他們援助。」

此時，巨鳥飛回森林，靠近松樹林上空的位置。布魯諾開始追逐巨鳥。幸運見到艾爾帕的目光一陣黯淡。狼犬似乎想要發表言論，但貝拉卻搶先一步。

「不！」她大喊，布魯諾停下腳步。「沒有狗兒去追逐鳥這種事！」她轉過身去，目光嚴厲對拴鍊犬說。

「你們全都聽清楚了。難道你們對於身著黃色毛皮的長爪是怎麼對待黛西的事全都忘得一乾二淨？他們來者不善。我從不信任遮住臉龐的長爪，更別提住在巨鳥肚子裡的這批長爪！」

艾爾帕發出嗥叫表示同意，布魯諾帶著罪惡感倒臥在地，尾巴緊貼著身體。陽光緊挨在他的身邊。

幸運站在一旁，耳朵豎起。閃亮的巨鳥消失在松樹林上空。最後，低沉的嗡嗡聲響逐漸減弱。松樹樹枝不斷晃動，樹幹卻直直挺著。幸運拉長脖子，渾身僵住。他聽見了一群長爪重重踩踏在樹枝與落葉發出的嘎吱聲響。大鳥降落之後，長爪發出的聲響在一片安靜中顯得異常邪惡。幸運的耳朵服貼，胃部翻攪。

不一會兒，恐怖的嗡嗡聲響再度出現。狗幫繃緊神經等候著，蹲伏著身體。他們睜大了眼，望著眼前這一幕。大鳥從地面飛起，橫掃過河岸邊的高聳樹木。

幸運站起身，豎起耳朵，尾巴直挺挺垂在身後。**這意味著什麼**？他不禁感到納悶。**長爪們究竟在打什麼主意**？

幸運沿著營地周圍漫步，當他望向河水流向遠處河岸邊的薊叢時，不禁感到一陣孤獨。他想要拋開這種感覺。

天黑前，他還有很多事要做——歐米茄的例行差事，替避難所尋找鋪床的材料。他用鼻子堆起乾樹葉，把小樹枝蒐集成堆，接著將這些東西咬起，準備返回洞穴。

他把這些材料堆放在垂掛著刺藤的洞穴入口，然後折返河岸。他四處走動、嗅聞，直到發現一處長滿潮濕青苔的地點。他開始以腳爪抓扒，輕易就能夠將潮濕的青苔堆在一起。等青苔乾燥後，就能夠舒適睡在上頭。自尊心稍強的狗肯定會說這些都是低階的差事，就連幸運自己越過巡邏中的達特跟黛西，也不免垂下頭。

他銜著滿嘴的青苔返回巢穴。懷恩從蕁麻叢後方走出，嘴角吐出長長的舌頭。「你弄掉了一些青苔，歐米茄。」

幸運一轉頭，怒視著眼前這隻小狗。

「我只是試著幫忙。」懷恩回答。幸運似乎見到另一隻狗眼裡閃爍著幸災樂禍的模樣。前任歐米茄正沉浸在對幸運的羞辱中。幸運高舉尾巴，越過懷恩，朝洞穴方向走去，抬高他的頭。當他步下斜坡，朝刺藤的方向前進時，他幾乎吃驚地鬆開嘴裡銜著的青苔——他蒐集的鋪床材料竟多出一倍。幸運朝這堆青苔眨眨眼，一臉困惑，此時只見小陽光奔向他的身邊，堆了一些落葉。

幸運鬆開嘴裡的青苔，以腳掌抓扒自己的嘴，抹除青苔留下的苦澀味。

「陽光，你在做什麼？」

她擺了擺尾巴，驕傲地望向那堆鋪床材料。「幫忙啊，還用說。我身爲歐米茄時，有過幾次經驗，知道哪裡可以找到柔軟的落葉。訣竅在於不能一味尋找乾掉的樹葉，因爲一踩在上頭就碎了。我在洞穴內鋪床時，會先鋪上一層青苔，接著是柔軟的樹枝，最後才是半乾的樹葉。你不知道鋪完之後，睡鋪有多舒服。比起以前主人給我鋪的軟墊還要舒適！」

幸運抬起頭，盯著她瞧。「你曾經是歐米茄？」他問。

陽光回答沒錯，然後以嘴鼻修整鋪床物。

「我以爲是懷恩……」

「不，是我。」

幸運難過地低下頭，想到可憐的陽光竟淪落至狗幫的低下階級。

陽光站直身體，探出頭。「別這樣看我，幸運！我不需要你的同情。說實在，我還蠻喜歡歐米茄這個身份。貝拉、瑪莎跟黛西還是對我很好，還有史奈普。總之，我挺擅長這些工作——你知道，多數的狗都認爲自己高尚得多。」她瞇起眼，嗅聞草堆，挑出乾硬的樹葉。「這些樹葉太易碎了。」她喃喃說著，接著轉身面對幸運。「我的主人以前最喜歡有我當他們的幫手，我最擅長這類差事！我每天早上都會到門口撿拾報紙，然後交給主人。傍晚，我會銜腳套給他們穿。」

「腳套？」幸運從沒聽過這玩意兒。

「柔軟的毛皮套。」陽光回答，面露理所當然的模樣。「長爪的腳上無毛，你知道嘛——容易著涼！」

幸運無法理解這玩意兒。「你眞是擅長這方面的事。」他對她說。

「我很感激你的幫忙。但我不認爲艾爾帕會樂意見到你這麼做……我不希望他認爲我怠忽職守。」

陽光點點頭。「我明白。眞是可惜。至少讓我幫你把東西帶進去？」

幸運低下頭，兩隻狗就這麼一塊兒銜著乾草穿過刺藤進入洞穴。

陽光的短腿朝前猛撲，幸運舔著她的鼻子說：「你眞是好幫手，陽光。我敢說你肯定很討主人歡心。」

「謝謝你。」她輕聲說著，把臉埋進幸運的脖子。接著，她一個轉身離開，蹦蹦跳，加入草堆裡其他狗的行列。

第十五章

「準備好了嗎？」幸運問。

「準備好了！」拉拉大喊。他猛衝向幸運，他朝後一彈，正好越過幼犬再度攻擊的範圍。「我會逮住你的！」拉拉開玩笑說，毛髮濃密的細小四肢向前奔跑。

這回幸運讓幼犬猛撲到他的身上，兩隻狗扭成一團。他驚訝拉拉的力氣超過他的想像，他花費了一番力氣才將他翻過身，壓制在地。

「你成了優秀的摔角選手。」幸運上氣不接下氣，不僅對於幼犬的力氣，還有對他的速度與技巧大加讚賞。

恬恬與小牢騷在一旁觀看，短尾巴在身後搖擺著。幸運抬起頭，與甜心四目相對，她專注地瞇起眼睛，觀看這場訓練課程。

她站在這裡是在觀察幼犬……還是我？他暗自心想。雖然這場訓練課程經過他的同意，卻非歐米茄應負起的責任。幸運相信是艾爾帕派遣甜心前來觀察他與三隻小猛犬。

拉拉發出吠叫，想要掙脫幸運的制伏，幸運旋即將注意力放回扭動身體的幼犬身上。他的力道堅韌卻溫柔，小心不去碰觸拉拉的喉嚨與腹部這些敏感的部位。

幼犬長得很快。不久就變成他得小心照顧我！

如果幸運可以教會幼犬們正直與良善，他們將成爲寶貴的資產。誰敢攻擊擁有猛犬的狗幫？

「朝他的頸部攻擊，拉拉！」小牢騷大喊。「如果距離夠，可以用腳踢！想像自己被一頭野獸攻擊。他既邪惡又狡猾，不過你聰明，反應快。試著找出他身上的弱點，像是脖子或是口鼻，用力咬下去！」

拉拉使勁轉動身體，用力朝幸運的胸口一踢，連幸運都招架不住而轉了一圈，儘管如此，幸運並未就此鬆手。

「大事不妙！」小牢騷大吼。「快呀，拉拉！如果你是落在土狼手裡，現在早就喪命了！快用你的牙咬！」

幸運瞥了小牢騷一眼，注意到甜心的目光集中在他們四個身上感到十分不自在。「重點不在於你能夠造成對手多少傷害。」他輕聲說道。「而是在保護自己與狗幫的前提之下，光榮的獲勝。先決條件是盡可能避免鬥毆。如果打鬥在所難免，重點應該放在防禦上，而非失控發動攻擊。」他低頭望向拉拉，他大感挫折地駝著背。「拉拉此時的確身處於不利的位置，但如果他能夠保護自己，留意背後的危險。像這樣……」

幸運撲倒在拉拉身上，將他整個翻轉過來，來到上方的位置，接著他抓住拉拉的頭，然後將他的口鼻壓制在地面。

拉拉發出吠叫，幸運則大聲斥責他。「瞧見沒？最糟的傷害就是遭到對手以牙齒朝你啃咬，這個動作可以限制對方對你做出這樣的傷害。我緊緊抓住拉拉的頭，讓他無法朝我咬上一口。」

「現在你試一遍，拉拉。」幸運鬆開他的腳爪，幼犬掙扎著起身，發出怒吼，甩開幸運的牽制。

「你做得很好。」幸運說著舔舔幼犬的頭。拉拉撲倒在地，四腳朝天。幸運一腳踩在他的胸口。「試著抓住我的脖子，把我的頭壓下。」

拉拉伸出腳爪，朝幸運的脖子一陣抓扒，不過他的前腿過短，沒法牢牢抓住幸運。他奮力掙扎，發出呼嚕聲響，爪子一陣亂扒，只見幸運一個轉身，立刻掙脫束縛。

幼犬感到挫折不已，跌躺在地。「根本辦不到！」

「不，你可以。」幸運安撫他，小牢騷則走了過來。

「別放棄！」他告訴拉拉。「你必須下定決心，不論對方如何擒住你。下回，你肯定可以打敗他！」

拉拉抬起頭，讓小牢騷舔舔他的鼻子。幸運望著他們之間的互動，對於小牢騷跟拉拉之間的兄弟情誼大為感動。幼犬眞是天生的領導者。帶著一點耐心，加上同理心，肯定能夠成為狗幫的雄厚資產。**我只希望甜心能夠明白這一點**。

「我們再試一次。」幸運說。

拉拉一個轉身，猛衝向幸運，趁他沒有防備的情況下。幼犬朝幸運的頭部一撲，待幸運蹲低身體，拉拉順勢衝向幸運的背上，朝幸運身上一咬。幸運的頸部霎時感到一陣痛楚傳來，不自覺發出吠叫，將拉拉甩開。甜心的喉嚨發出低吼，渾身緊繃，卻不動聲色。空地另一頭，正在梳理毛髮的貝拉抬起頭，瞇起了眼睛。

拉拉朝後一跌，驚訝幸運發出的吼叫聲。「對不起。」他垂下頭低聲道歉，尾巴下垂。「我不該如此魯莽。」

幸運也曾在打鬥中遭遇對方攻擊，卻從未感到如此巨痛。他的頸部依舊感到疼痛，卻試圖掩飾痛苦的表情。

拉拉並非有意傷害我——他只是不知道該如何拿捏力道。感覺像是剛剛冒出了新牙……

「我沒事。」幸運輕聲說，然後慈愛地在拉拉的耳朵上一舔。

他示意幼犬們上前，聚集在他的身邊。他們蹲坐在幸運的面前，他雖然壓低音量，卻留意聲音大小足以傳遞到甜心的耳裡。「隨著你們日漸茁壯，嘴裡將會長出尖牙。牙齒對你們來說十分重要，你們可以靠它抓捕獵物，做出防衛攻擊。如果稍不注意，尖牙也會造成意外傷害。你們跟其他狗在玩耍時，是否應該留意小心呢？」

恬恬與拉拉點頭表示同意，過了一會兒時間，小牢騷才跟著點頭。

「很好。」幸運說。「一旦你們長出新牙，就該替你們起個正式的名字。」

「真的嗎？」拉拉大喊。

「是啊。我所遇見的荒野狗幫成員都是在成年後擁有新名字。拴鍊犬們則由主人賦予他們名字。」幸運甩甩身體，這並非對他來說是個美好的回憶。他年幼時所遭遇的長爪，並未如拴鍊犬的主人那樣對他百般呵護。

「總之，你們很快就會長大。」幸運說，驚訝自己覺得一陣感傷。

瑪莎從營地外圍走了過來，她那長了蹼的腳緩緩步向幸運這個方向。幼犬們興奮地又叫又跳，紛紛撲向瑪莎，蹭著她的腳。瑪莎也開心地舔著幼犬們的耳朵，然後轉身望向幸運。

「我想先帶這群小傢伙們離開一會兒，我要跟月亮還有她的孩子們去巡邏，也許恬恬、小牢騷與拉拉願意幫忙？只有最聰明以及嗅覺靈敏的狗兒可以受邀前去巡邏。」

幼犬們開始興奮地繞著圓圈。

「拜託！」恬恬哀求。

「我們一定會有最佳表現！」小牢騷附和。「而且我們的嗅覺最靈敏！」

幸運被他們的熱情感動。「這主意不錯。」他說，然後蹲坐下來舔舐腳掌。瑪莎前去跟月亮會合，幼犬們蹦蹦跳跳地跟在瑪莎的身邊。脖子被拉拉咬傷的地方依舊令幸運感到刺痛，不過應該沒流太多血。

他望向甜心的方向，但是甜心卻撇過頭離開，臉上的表情難以解讀。幸運望著她離開，內心感到一陣悲傷。她現在難道都不願意跟他說上一句話？或許狗幫裡不該出現貝塔與歐米茄對話的畫面。他希望甜心向艾爾帕報告時，別將拉拉犯下的小錯誤說得過於嚴重。

營地另外一頭，貝拉起身朝他走過來，她朝瑪莎這隻諳於水性的大型犬與幼犬們望了一眼，看到他們消失於松樹叢後方。

「我看到了那隻幼犬做的事，傷口看樣子很疼。」她說。傾身向前檢視傷口，幸運卻扭開身體。由於動作過於猛烈引發脖子一陣刺痛，他試著不叫出聲音或是露出痛苦的表情。

「他不過是在鬧著玩。」幸運加以解釋。「並非有意如此。」

貝拉似乎不這麼認爲。「幼犬不過是在鬧著玩卻意外造成傷害。他與其他小猛犬嘴裡將長出的銳利尖牙將會造成什麼後果？你難道忘記了狗花園的事？」她渾身發顫，耳朵抽動。

「他們還年輕，貝拉。我們可以好好教養他們。教導他們凡事小心謹愼。只因爲他們是猛犬，不意味他們就會……」

嗥叫聲打斷幸運的話，緊接著幾聲淒厲的吠叫。幸運心裡一陣糾結。他與貝拉朝聲音的方向趕往河邊。其它狗聽見也跟著前往，幸運見到黑白犬麥基，以及斑點犬達特。等到他與貝拉趕到河邊，狗幫半數成員早已集結於此，雖然艾爾帕並未現身。

幸運見到眼前這一幕簡直不敢相信自己的眼睛——溫柔的瑪莎竟與月亮相互對峙，她寬闊的下顎流淌著唾沫。猛犬們緊貼在她身後，恬恬與拉拉看上去顯得緊繃與恐懼，小牢騷則露出牙齒發出吠叫。幸運見到他的嘴裡跟拉拉一樣長出了小白牙。

幸運嗅到了雙方的敵意。他從未見到瑪莎如此憤怒的模樣，隱隱感到不安。月亮的幼犬們呢？他嗅到了他們就在近處。

貝拉、麥基與其他狗一動不動望著雙方之間對峙的場面。

「眞是一群野蠻的傢伙！」月亮咆哮。「瞧瞧他把我的孩子傷得多重！」她怒視著小牢騷。

幸運在瑪莎與月亮周圍走動。他見到妞妞倒臥在焦黃的矮樹叢邊，可憐兮兮發出哀嚎。她的手足北鼻則不斷安撫妞妞，目光帶著焦慮地望向小猛犬們。

幸運緊張的胃部一陣翻攪。「怎麼回事？」

月亮望向幸運。「那隻壞心眼的小牢騷竟然攻擊妞妞！」

「他們不過是在扭打著玩。」瑪莎插話。「只是情況稍微失控，這種事偶爾會發生。小牢騷無意造成傷害。」接著，她搖搖長滿粗毛的頭，深深嘆口氣。臉部表情頓時變得柔和，垂下頭，不再對身邊那隻狗媽媽咄咄逼人。「月亮，我們別讓這個原因成為彼此對立的理由。小牢騷已經得到教訓。」

月亮望著瑪莎好一會兒，感到不確定。然後，緩緩垂下頸背。兩隻狗彼此表示友好之後，幸運總算鬆了一口氣。月亮轉身回到妞妞身邊，她其實傷得並不重。幸好，費瑞並不在場，或許是跟艾爾帕與甜心在一起。幸運不敢想像棕色大狗會對小牢騷做出什麼舉動。

恬恬與拉拉緊抓著瑪莎，她低下頭安撫他倆。只有小牢騷獨自站在一旁，見到月亮帶著她的孩子離開時，臉部表情顯得憂慮。

幸運站在一旁，此時幾乎感覺不到自己的傷口還在疼。他十分在乎這群小猛犬，也深知是他把他們帶進狗幫來。如果有任何差池，他自然要受到責難。

要是再發生另一起衝突，他們很可能被驅逐出狗幫。

小傢伙們還得多學著點，幸運心想。**特別是小牢騷**。

幸運嘆了口氣，緩緩走進森林，朝河邊走去。獵食者巢穴的臥鋪需要替換，身爲歐米茄最糟糕的事莫過於要做些無聊的差事，一再重複，沒有機會參與獵食的刺激，或甚至負責巡邏營地。

河岸邊是挖掘柔軟青苔的絕佳地點。幸運悄悄走往河岸邊，開始朝糾結的草堆一陣嗅聞，高聳的樹木愈來愈靠近，表示接近森林的邊緣。他低下頭翻找，見到不錯的草堆，其中參雜半乾的樹葉，一如陽光所說的，於是銜起落葉，卻在此時聽見腳底踩踏樹枝發出的聲響。

幸運回過頭，見到布魯諾從一棵巨大的橡樹走出來。幸運與麥基離開狗幫之後，這隻老狗被晉升至獵食者的地位。幸運猜測他大概是在嗅聞獵物的下落，其他獵食者應該也在森林，卻沒有聞到他們的氣味。

幸運鬆開嘴裡的落葉，準備更加深入林間，卻被布魯諾叫住。

幸運寒毛直豎，不斷往前走，幾乎像是小跑步。「我必須在天黑前收集到足夠的葉子。」他回過頭說。他聽見布魯諾跟在他的身後，腳步顯得有些凌亂。幸運知道老狗想要趕上他。

他如何擔任獵食者的位置？真難想像他可以獵捕到多少吃的，幸運心想。他加快步伐。**他能不能別來煩我？身為歐米茄難到還不夠糟糕，還得如此羞辱我！**

「幸運！慢點！」布魯諾上氣不接下氣。

幸運停下腳步，他抓扒著地面，感到身上一陣搔癢。這幾天被喚作歐米茄已經夠令他難受，可是現在他竟無法忍受布魯諾直呼他的名字。**如果艾爾帕在近處，你肯定不敢叫我幸運……**

「這地方眞是難以覓食。」布魯諾發著牢騷。「費瑞認爲我們應該分頭尋找小動物，但是我找了半天，連隻老鼠的影子也沒見到。」

幸運發出咕噥，回頭張望，卻沒有直視布魯諾的眼睛，而是掃視四周。天色漸黑，他得盡快找到足夠的雜草堆鋪床，免得艾爾帕有理由教訓他。他從眼角看見布魯諾低垂著頭。

「我感到很抱歉，幸運。」他開口說。「我不該落井下石。我也不知道自己是怎麼回事，我不怪你生我的氣。」

眼前這隻老狗聽上去頗爲自責，令幸運也不免感到憐憫。接著，幸運想起布魯諾如何在艾爾帕的命令下背叛了他。

如果不是那朵黑雲出現，我將永遠屈服在他的威嚇之下！

幸運惱怒地面對布魯諾。「你在想些什麼？表現得像隻狐貍或是利爪。狗兒絕不會耍伎倆或隨意攻擊。你的榮譽感呢？我們不也共同經歷過這些風風雨雨！」

布魯諾的鼻子低垂至地面。「你說得對。」他低聲說。「我感到很抱歉。我太過於懼怕……艾爾帕，還有目前的處境。我不敢相信狐狸所遭遇的事——所有一切迅速失控。我原以爲身爲狗幫的一員會讓我有安全感……」他的耳朵下垂。「幸運，你記不記得我喝了發臭的河水，結果生了病？」

「我當然記得！」幸運立刻打斷他的話。「是我救了你一命，你記得吧，布魯諾？」

布魯諾趴躺在地面低聲說：「我當然記得，絕對不會忘記。重點是我從沒想過河水會害我生病。大咆哮之後，以前視爲理所當然安全無害的東西全變了樣。我原以爲自己可以適應這些變化，能與拴鍊犬一塊兒生活。但是……」

幸運明白這對他來說並不容易。

布魯諾深呼吸一口。「事實是我的恐懼戰勝了我。我從前天不怕、地不怕。我可是大街上最強悍的狗！現在我夜裡睡不著覺，害怕狗幫裡會發生鬥毆。就算太陽之犬帶來光亮也不會讓我感到安全。你無法預知會發生什麼事，誰又在背後窺視你。現在的我變成了縮頭烏龜。」

布魯諾的目光望向樹叢，然後開始渾身發顫，儘管天氣暖洋洋。「我只想要融入群體，當艾爾帕要我出手幫忙……我沒想過要拒絕。他有種威嚴讓我不得不服從照辦，爲了狗幫全體的利益著想。你離開之後，他要我接替獵食者的位置，還說像我這樣衷心且強悍的狗只負責巡邏的任務簡直是浪費。我是該受到褒獎，但是每回要外出獵食時，我總感到罪惡。」他低下頭，彷彿在跟地面說話。「拜託你，幸運，你知道我沒有惡意，眞的。」

幸運轉身面對布魯諾，怒氣瞬間一掃而空。「我知道你沒有惡意。」他說。

布魯諾抬起頭，帶著一雙悲傷的大眼睛。毛茸茸的尾巴略顯遲疑搖擺著。「你原諒我了？」

幸運嘆了一口氣。「我想是吧……」

布魯諾立刻起身，開心地搖擺著尾巴。

幸運儘管表明原諒的立場，但是內心依舊感到不安，他抬起頭凝視著頭頂的枝椏。

如果像布魯諾這樣善良的狗都會背叛自己的朋友，他能寄望狗幫會願意撫養小猛犬？

他甩甩頭說道：「你需要我幫忙獵食嗎？」

布魯諾開心地搖著尾巴。「我正等著你問！」他說，他害羞地朝前走近，短暫碰觸幸運的鼻子。

「你明白我目前是歐米茄吧？」幸運目光撇向一旁。

「不過是個稱號罷了。」布魯諾立刻回答。「並不表示你的真實身分，況且我知道你獵食的能力，幸運。」

幸運仰起鼻子，用力嗅聞。他聞到了潮濕的土地，清澈的河水，眾狗返回營地，甚至聞到營地另一側松樹散發的氣味。他還聞到了小動物們的味道，不過都不在近處。

「走吧。」幸運說。「我們去找找。」

他倆潛入森林內部。不久，幸運聞到了獵物的氣味。他壓低鼻子，朝落葉堆裡嗅聞，尋找獵物的蹤跡。

布魯諾悄悄走向他。「幸運，你難道不覺得這味道……有點奇怪？」

幸運再度嗅聞一次，發現土壤中帶有燧石的味道。他頓時頸背發毛，嘶了嘶口水。「味道的確不尋常，雖然我不知道是什麼氣味。」他環顧四周，樹林之間的影子拉長。「總之，找吃的比較重要，不久天色就要變黑了。」

鳥兒在頭頂啁啾，布魯諾的身體僵硬。幸運開始在樹林間來回走動，聽見布魯諾緊跟在後。他們來到刺藤叢旁，登上一小段陡坡。幸運聞到了小動物散發的溫暖香甜氣味。他望向布魯諾，他迅速點點頭，看來他也聞到了相同的氣味。

兩隻狗蹲低身子，緊貼著地面前進。小心越過糾結的藤蔓，還有倒落在地的樹幹。獵物的氣味愈來愈強烈……

鳥的味道……但他們不都是在樹上築巢？為何會成群聚集在地面？

幸運停下腳步。「他們並沒有移動，是否受了傷，或者……」他再度嗅聞，這次終於聞到了死亡的氣味。幸運嚇得頸背發毛，但是布魯諾已經衝向前方，在倒臥的樹幹旁大喊。

「是鴿子！一共兩隻！」

幸運小心翼翼走上前。灰色羽毛的鴿子身體虛軟躺在地面，小小的眼睛閃著光，嘴喙微微張開。幸運止住不動，望向漆黑的樹林，聆聽四周的動靜。「他們剛斷氣不久……」

「這意味著他們還很新鮮。」布魯諾舔舔嘴。

幸運可不這麼認爲。「這同時也表示不管是誰殺害了鴿子，肯定就在附近。」

「我沒有聞到其他異狀。」布魯諾輕率地搖搖尾巴。「走吧，我們把鴿子叼回營地。」

幸運也沒聞到其他味道，但他小心謹慎站在原地，不願意碰觸斷氣鳥類的屍體。他感覺到自己背脊一陣發涼。「我不知道，布魯諾……總覺得哪裡不對勁。不管是何方神聖殺死鴿子肯定會返回這裡，說不定一會兒就會出現，然後跟蹤我們回去營地，危及幼犬的安危。」

「營地有艾爾帕、甜心、費瑞，還有其他狗。他們會保護彼此的安危！」他用嘴銜起其中一隻鴿子，朝營地的方向前進。幸運一動不動，豎起耳朵。森林裡像是傳來樹枝折斷的聲響？他試著不去理會布魯諾走路時發出的沉重步伐。

依舊沒有任何動靜。

老是小心翼翼……連我自己都喘不過氣。

幸運甩甩頭，然後叼起另外一隻鴿子，跟著布魯諾離開。幸運大跨步走出森林，偕同布魯諾抵達營地，他見到甜心朝他走來。他的內心禁不住一陣興奮，快腿犬最後終於願意與他交談？他的尾巴抽動，抬起頭來，但甜心停妥在幸運前方不遠處，並未回應同樣的熱情。

「歐米茄，艾爾帕有事找你談。」她說。幸運還來不及反應，甜心便轉過身，逕自返回營地。幸運猜想這意味他要跟著她前去。

「把鴿子交給我吧。」布魯諾說。

幸運點點頭，鬆開虛軟無力的鴿子，讓布魯諾叼走。幸運身爲歐米茄，不該前往獵食，所以他不該嘴裡叼著獵物出現營地。

幸運低下頭穿過刺藤，進入昏暗的洞穴時，甜心已經在裡面了。她站在艾爾帕身處的角落——這地方距離入口最遠，也最溫暖。他待在草堆臥鋪上伸展四肢，這臥鋪是身爲歐米茄的幸運替他準備的。

幸運向前走近，艾爾帕起身，把頭朝後仰，打了個大哈欠，露出了他的大尖牙。眾狗集結前進表示好奇時，幸運不免感到緊張。費瑞與月亮都在場，瑪莎也在，卻不見任何幼犬的蹤影。幸運環顧四周卻沒看到春天的身影，她肯定待在洞穴內守護著幼犬。

艾爾帕停止哈欠，直直盯著幸運瞧。

他有何打算？我已經按照他訂下的規矩切實遵守，當一個順從的歐米茄。難道他還是要把我逐出狗幫？

幸運見到貝拉望著他，嘴角緊繃。她肯定跟他在想同一件事。

狼犬以怪異的低沉聲音開口說。「你好奇我爲何把你給叫來吧，歐米茄。」

幸運毛髮直豎，卻仍保持緘默。

「儘管你位階低下，我要施恩給你，跟你討論重要的事，因爲是你把問題帶進我的營地。」

幸運當下想到應該與幼犬有關，他們造成月亮跟瑪莎之間的衝突。他望向瑪莎，她帶著憂慮的眼神望向幸運。

幸運轉身望向艾爾帕，努力保持聲音的平穩。「什麼事？」

「你帶回來的小猛犬攻擊月亮的孩子，有目擊者。我們必須決定是否應該收留這群猛犬，他們將來很可能威脅狗幫的安危。特別是他們在天犬化爲烏雲的警告後才被帶往我們的營地。」

甜心與月亮站在艾爾帕身旁，發出吠叫，表示附和。幸運覺得自己心跳加速。他在森林時，發生何事？單純的玩耍怎麼會演變至此？

「如果幼犬在沒有其他原因之下攻擊另一隻幼犬。」費瑞齜牙咧嘴。「那麼這隻幼犬長成猛犬後還得了？」

「烏雲是個不祥的預兆！」達特插嘴。「你難道不記得那天的事？天空發出尖聲怪叫，惡事緊接而來！不久，他們便出現我們的營地。」

月亮發出吠叫表示同意。

艾爾帕抬起頭，衆狗陷入緘默。「我願意給這三隻猛犬一個機會，儘管我持保留的態度，不過他們的確符合我們對於猛犬的印象，暴力與易怒。過不了多久，他們將造成巨大的災難。他們長出尖牙，身體強壯後，將威脅到這裡每隻狗的安危。」

「抱歉，艾爾帕，我認爲這並不公平。」瑪莎開口說話。「幼犬身體強壯是不爭的事實。但是假以時日，他們將學會如何控制自己。他們並非天生殘酷暴力。況且他們對於自己的行爲也感到懊悔。」

貝拉發出吠叫表示附和，但幸運卻保持緘默。

拉拉與恬恬的確如瑪莎所描述，他心想，**但是小牢騷呢**？**他回想瑪莎與月亮對峙時，小牢騷臉上露出的表情，一點懊悔之意也沒有……**

幸運搖搖頭。對幼犬如此嚴苛並不公允，尤其在他們經歷過這麼多事之後。**小牢騷才剛呱呱墜地，就得面對失去母親的殘酷現實。不知道該如何紓發內心的悲傷與憤怒的情緒。他有時間學習如何控制自己的情緒，不該就此被冠上惡狗的壞名聲。**

艾爾帕伸展長長的前腿。「我們必須發掘他們眞正的天性。確保他們將來長大後不會趁著大夥在睡夢中殺害我們。」

在場衆狗紛紛大表贊同——其中包括拴鍊犬的黛西與陽光。

「所有的狗在生命遭受威脅時，都會展現攻擊的本能。」幸運說明。「每隻狗不都是爲了自己的生存而奮鬥？」

「生存是一回事。」艾爾帕大聲咆哮。「公然表現野蠻又是另外一回事。或許每隻狗內在都有暴力的一面，就算最弱不禁風的狗也一樣。」他目光鄙夷地望向懷恩，他嚇得望向他處。「猛犬不同，他們樂於摧毀敵人。」狼犬舔舔前腿的傷疤，接著抬起眼，目光銳利望向幸運。「我必須證明這群野蠻的小傢伙會效忠狗幫，服從新狗幫的規矩。我們有權知道真相，趁他們年紀還小能夠加以處置。」

幸運突然感覺到背脊發涼。他正要開口抗議，瑪莎卻率先開口。

「你說的『處置』是什麼意思？」她大聲問。

狼犬拉高頸背，眼睛直直盯著她，直到她移開目光，低下頭。當他再度開口，口氣似乎已經下了結論。「首先，這群幼犬得接受測試。然後，我再決定怎麼做。」說完之後，他倒臥在他的臥鋪，撇過頭去。

眾狗見狀紛紛四散離去。

瑪莎離去時還不停發著牢騷，麥基試著安撫她的情緒。

幸運走在甜心後頭。一旦離開艾爾帕聽力的範圍，他小聲對她說：

「你贊成這樣的做法嗎？」

甜心並未轉身望向幸運。「艾爾帕本來就有權做決定，這是他之所以身爲艾爾帕的原因。」

幸運開始思索。**艾爾帕究竟是如何坐上現在的位置？**他納悶著。**難道非得要成為最兇猛的狗，才能夠帶領狗幫？話不多，性格溫順的狗兒能否成為艾爾帕？**

甜心不耐煩舔舔腳掌，幸運這才知道事情並未改變——她依舊沒有原諒他。他感到十分挫折。「這麼做對幼犬來說並不公平。狗母親剛離開他們，他們遭到猛犬拋棄，他們受夠了折磨！畢竟經歷過這一切，他們難道沒想過幼犬的性格的確會因此變得更具攻擊性？但他們可以改變呀。」

「他們不過是一群惡名昭彰的小傢伙。」甜心輕蔑地搖搖她的頭，然後望著幸運。「他們不值得信任。」

快腿犬準備離開，幸運覺得自己全身的血液倒流。

「拜託，甜心。」他喊道。「測試幼犬對他們來說並不公平，你知道他們可以改變——你自己不也一樣！你現在成了一隻強悍的狗，在狗幫擁有一定的地位，但是你並非一直以來都這麼強悍，記得嗎？」

甜心停下腳步，轉過頭回望幸運，惱怒問道：「你這話是什麼意思，歐米茄？」

幸運感到震驚。「隨便你怎麼稱呼我都行……貝塔。」他發出咆哮。「至少，我不是個懦夫！不知誰見到死亡的長爪嚇得魂都飛了，是吧？你現在的確很有成就，但是身處城市的你可不是這般……你感到恐懼、無助……楚楚可憐。」

她的目光發出怒火。幸運眞想要收回剛才說過的話。她可以對他不予理會或是嘲諷，但是他卻發現自己似乎把話題扯遠了。

幸運發現甜心的怒容頓時消失時，感到些許驚訝。「我原以爲你會有理由說服我，卻沒想到竟然用這樣卑劣的方式。」

「我只是感到沮喪，不該說這些話……」

她撇過頭，打斷他的話。「我們別再繼續往下說。」她的目光撇向角落的狼犬。「艾爾帕有他的論點，你知道吧？猛犬本來就是我們的宿敵。弄清楚幼犬對我們是否有助益自有其道理，可以拯救狗幫的所有成員。」

第十六章

太陽之犬越過森林之後，狗幫的成員聚集一塊兒享用獵食者替他們帶回的食物。艾爾帕率先步上前，嘴角淌著唾沫，張開狼一般的下顎，咬起食物堆裡最肥美的一隻兔肉。

幸運躺在草地上，梳理他的腳掌。歐米茄這個角色教會他耐心的價值，或者沒必要望著狗幫裡每隻狗塡飽肚子時在一旁流口水，擔心會有多少吃剩的食物讓他大快朵頤。

甜心接在艾爾帕之後享用。月亮停止撫育幼犬喝奶後就喪失率先分享獵物的權利，而是讓斷奶的幼犬取代她的位置。北鼻與妞妞爲了一隻老鼠彼此扭打，最後回到月亮身邊分食戰利品。陽光向幸運解釋幼犬們接在艾爾帕與貝塔之後享用食物，直到他們起了新名字，就得像狗幫裡的其他成員一樣爭取晉升的位置。

接著，輪到小牢騷、恬恬與拉拉享用獵物，瑪莎則像個有力的後盾一般站在他們的身後。她傾身向前，在恬恬的耳朵邊悄悄說話。

「別急著把肚子吃得太撐，記得嗎？只要吃下足夠的份量，別過度貪心。記得把這些話轉告給弟弟們知道。」

母幼犬點點頭。當她見到拉拉準備取用第二隻田鼠時，恬恬用肩膀輕輕推開他。

「貪吃的大胃王。」她小聲說。拉拉這才不情願鬆開田鼠。

狩獵犬在費瑞的帶領之下前往用餐。接著，輪到巡邏犬。懷恩照例盡情享用食物，彷彿他一點都不想要留吃的給陽光和幸運，他們是所有成員中位階低於他的兩隻狗。幸運假裝不耐煩打起哈欠，他並不想讓懷恩看出身為歐米茄的困擾。

等到幸運上前享用食物，獵物幾乎所剩無幾。他吞下最後一口兔肉，還有布魯諾找到時早已斷氣的鴿子。

今晚肯定不會安排大嚎叫——夜空中月亮之犬的臉龐徒留下一抹黯淡的銀灰色。衆狗四散離去返回窩巢。巡邏犬的窩巢裡，月亮伸直四肢，迫使懷恩只能蜷縮在陰暗潮濕的角落。幸運見到布魯諾嗅聞著狩獵犬窩的臥鋪，然後喘著氣，隔著營地心懷感激地朝他看。小牢騷、恬恬與拉拉窩在瑪莎身邊，躺臥在洞穴外的空曠處。月亮與費瑞則待在幼犬窩看顧著北鼻與妞妞。

幸運躺臥在洞穴入口處的歐米茄窩巢渾身發顫。他輾轉難眠，感到不安，想著小猛犬們。**這對他們來說真不公平，他們的年紀還小……**他在黑暗中見到甜心纖細的身影，她躡著腳在睡著的眾狗間穿梭，然後走到幸運身邊，等他起身，跟隨她的腳步。他的胃部一陣翻攪。

現在是午夜，貝塔找他有什麼要緊事？

他盡可能安靜起身，跟在甜心身後。她走到洞穴另外一頭，黛西蜷縮著身子躺臥在陽光身邊。幸運望著眼前這一幕，渾身緊繃，甜心輕拍黛西的鼻子。

她為什麼要驚醒黛西？他納悶道。

黛西張開眼，朝甜心眨眨眼。她面帶憂愁望向幸運。

「跟我來。」甜心小聲說。

小狗打著哈欠，掙扎著起身。「怎麼回事？」她問。

「到外頭後我再解釋。」甜心回答，她帶領幸運與黛西越過在入口站崗的貝拉。貝拉好奇打量著他們，轉過身，望著他們步出洞穴。

空氣傳來一陣冷冽的氣味。天空之犬已進入夢鄉，留下月亮之犬單獨掛在無雲的夜空。微風吹過周圍的樹叢，拂過幸運頸部的毛髮。黛西打了一個冷顫，抬頭望向甜心與幸運。

「怎麼回事？」黛西一臉困惑問。她望著甜心再看看幸運，耳朵緊張地抽動著。

「我正打算問甜心相同的問題。」幸運問。「又跟幼犬有關了嗎？」

「你怎麼猜到的？」艾爾帕粗啞的聲音從黑暗中竄出，幸運的頸背發毛。過了一會兒，他見到狼犬帶著粗毛的身影朝他接近，黃色的眼睛在月光下閃閃發光。

黛西踩著緊張的步伐走向幸運。

幸運想到小猛犬們此時正安穩地躺在瑪莎身邊，他的胸口緊繃，喉嚨乾渴。「你該不會『現在』要測試他們吧？」話說出口，幸運這才發現他的聲音充滿了敵意。

「不是現在。」艾爾帕大聲咆哮。「而是等到天亮。」他轉身望向甜心，輕拍她的鼻子，然後回頭望向幸運。「我今天打算跟貝塔與費瑞前去探勘地形。越過洞穴與森林之後，有一道突起的白色山脊，我想要知道山脊背後是什麼地形。是否有其他狗在那地方活動？獵物多不多？越過山脊之後的河水是否一樣清澈？」

幸運感到不安的聆聽著。**難道現在大半夜他要派我前往該地？他為何把甜心找來？**

艾爾帕彷彿看穿他的心思，低頭望著黛西，頭一回對她表示認可。「你負責帶領小猛犬。」

「帶領……？」黛西睜大了眼睛。

「穿過森林。我們必須知道幼犬們是否忠誠。服從年長的狗幫成員，儘管命令有多……」艾爾帕停頓一會兒，低頭望著黛西。她朝後退一步，不敢直視他的眼睛。

幸運的胃部翻攪，吞忍他的不滿。「你不能如此利用黛西，這對她與幼犬來說不公平。穿越森林將危及他們的生命。」

「必須這麼做。」艾爾帕打斷他的話。「黛西將帶領幼犬抵達白色山脊，尋找新營地。她將發現山脊過去是什麼樣的景致，向我們報告她的所見所聞。如此一來，我們才得以知道他們三個小傢伙能否服從命令。」

幸運嚇壞了。爲了測試幼犬，艾爾帕竟不顧黛西的安危。如果遭遇任何危險，黛西只會讓幼犬們更加驚慌。

「在沒有其他狗幫成員陪伴下進入森林十分危險。」他提出抗議。但想到說出狡猾的土狼可能在夜間出沒，會令黛西害怕，因此決定不說。「我們不知道森林裡藏著什麼樣的危險。」

「不是只有你可以獨自生活。」艾爾帕口氣輕蔑大聲說，「黛西必須學著照顧自己。」

幸運想到恬恬、小牢騷與拉拉躺在瑪莎身邊進入夢鄉，全身就開始緊繃，發出警覺。「幼犬們怎麼辦？」

黛西全身發抖，她的目光掃過營地外圍的高聳樹木形成的大片森林。然後，她抬起頭望著甜心。「貝塔？」她說。

「怎麼了？黛西。」她提高音量。「爲了狗幫著想，你一定辦得到。明天一早就出發。」

幸運與艾爾帕踩著沾滿露珠的草地，來到森林邊緣。上風處，距離幾步之遙，黛西帶領著恬恬、小牢騷與拉拉穿過林間。幸運聽見幼犬們與奮地交談。天才剛亮，他們跋涉的路程不夠遠，因此還沒覺得疲倦與不耐煩。

不知道眼前這樣的狀況可以支持多久？幸運納悶。

「爲什麼挑選我們出來探險啊？」恬恬問。

幸運存在同樣的疑問，艾爾帕當時咬住他的肩膀將他喚醒。

「起來，歐米茄，跟我來。」幸運面無表情望著他，艾爾帕則壓低音量說。「我要隔著一段距離觀察猛犬，我要親眼見到他們如何撐不下去，我要你也來瞧瞧。」

幸運壓抑不悅，跟上艾爾帕，跟隨黛西與幼犬們離開營地。

「艾爾帕選擇你們的理由是你們雖然年紀小卻很強壯，跟我一樣。」黛西告訴恬恬。「我們會在森林走上一大段路程，卻不引起注意。」

「我們要去探險囉！」拉拉大喊。

「是該接受像樣的考驗了。」小牢騷說。

幸運雖然沒有見到他臉上的表情，不過他從聲音聽見幼犬感到滿意而且信心滿滿。**或許這是一直以來他所欠缺的目標感**。

幸運與艾爾帕靜靜走著，不時停下來，躲在樹叢後方，小心不與黛西和幼犬們太過接近，他們的步履緩慢。森林的上坡路段陡峭，地面布滿沙礫，攀爬艱難，刺叢多刺糾結，沿著地面蔓延。

這趟旅程對幼犬來說並不容易。

幸運聽見黛西指導著幼犬們。「現在我們要登上小山坡了。」她說。「山路不好走，踩穩腳步，小步前進，腳步別間隔太大，小心踩到刺叢，或是滾下山。看著我怎麼做。」

艾爾帕目光銳利地盯著幸運，他大概猜測得到狼犬的心思。**考驗才剛開始**。

恬恬跟著黛西登上陡坡，走在弟弟們前面。她似乎顯得平靜從容，聽從指導放緩步伐。幸運搖擺著尾巴表示驕傲。**她從那棵樹學得教訓**。他望著恬恬登上陡坡，加入黛西登上山頂。幼犬開心地發出吠叫，甩動身上的毛髮。

拉拉跟在後頭登上陡坡，試著保持步調一致，卻滑到崎嶇的地面，向後仰躺，嘗試幾回才又再度登上陡坡，卻又再次失足。

「小步前進，拉拉。」黛西提醒他。

小幼犬發出吠叫展現決心，開始再度登上陡坡。這回，他跟著指示，小心踩穩步伐，小步前進。「瞧，我爬上來了！」他開心嚷嚷。不久，他便登上山頂，站在姐姐身旁氣喘吁吁，圓圓的短尾巴搖擺著。

「記得我告訴你的訣竅，小牢騷。」黛西說，大塊頭幼犬接著登上陡坡。

「我知道該怎麼做。」小牢騷大聲說，自我防禦的心態很重。他奔上陡坡，健壯的後腿大跨步前進，幸運在一旁觀看，驚訝幼犬的好體力。不一會兒，小牢騷一個失足，滑下坡底，身上布滿塵土。幼犬打了一個噴嚏，甩甩身上的毛髮。接著，他挺直身體，再試一次，朝陡坡奔去，登到一半的距離，又再次往下滑。

來到山腳，他大聲嚷嚷。「真是愚蠢極了！我們竟選擇放棄寬敞又有前廊的大狗屋，跑到這個鳥不拉屎的山坡，不斷爬坡。真是沒道理！」

「你現在得學會在野地生活。」黛西口氣堅定，恬恬與拉拉站在她的身旁。「有時候為了狗幫得做些犧牲，像是為了尋找新營地，前往森林勘查。將來，你們要像隻荒野狗幫成員一樣狩獵或是巡邏，慶幸自己是狗幫的其中一份子。」

「我們已經是狗幫的成員了。」小牢騷大聲咆哮。

艾爾帕站在一棵老橡樹後面與幼犬相隔一段距離，他目光冷冷地望著幸運。

他像是在證明自己說得沒有錯——小猛犬根本不受教。幸運從艾爾帕身上移開目光，望著小牢騷。

幼犬再次試著攀頂，踩著小步前進。他的腳步迅速，腳底揚起塵埃，不久便登上山頂。

幸運與艾爾帕安靜走著，待在下風處，緩步前進，不讓黛西與幼犬嗅聞到他們的氣味。幸運嗅聞空氣，享受著大地、松樹與草地的味道。接著，他僵住不動：他似乎還聞到另一個強烈卻又熟悉的氣味——是狗的味道。幸運立刻想起這個味道是他與布魯諾在營地附近發現鴿子屍體當時所聞到的味道一致。他瞧瞧艾爾帕，他似乎沒有注意到。

走了幾步之後，幸運看到幾隻小動物的屍體。他以腳掌輕拍，低下頭去嗅聞。

「老鼠。」艾爾帕說完伸展四肢，秀出他強壯有力的長腿。

幸運尋著味道發現動物的足跡。「不知道哪隻狗殺害老鼠。」他對艾爾帕說。

「我知道。」狼犬冷冷回答。「是崔奇。」

「崔奇？」幸運跟著說道。他抬起頭，目光移向樹幹與矮樹叢。他想起那隻可憐又受傷的狗，在他前往城市前遇見過，他一瘸一拐在森林裡走著。**這樣一隻狗要如何獵食？如何生存？**

艾爾帕低頭望向幸運。「你似乎感到很驚訝。你認爲他辦不到嗎？只有城市佬可以不依賴狗幫過活？崔奇向來自給自足。儘管身受重傷，依舊過得很好，或許正因爲如此加強他的求生意志。」

幸運搖搖尾巴。他原以爲崔奇辦不到，很高興得知這隻受了傷的狗可以憑藉自己的力量過活。他以眼角瞥向艾爾帕，從沒想過狼犬會爲哪隻狗挺身辯護。或許在灰色的毛皮之下藏著一顆溫柔的心。

「說不定他也想要返回狗幫。」幸運大聲說。

艾爾帕站起身，望向眼前這片森林，然後靜靜說道：「他表現得像個懦夫般遺棄我們，我們不歡迎他。」他將他的臉轉向幸運。「如果讓我逮到他在我們的地盤獵食，我會殺了他。」

越過山坡有座高原，不可能從這個距離見到白色山脊逼近。這裡雖然有樹木生長，不過十分稀疏，細瘦的松樹取代樹幹粗壯的大樹。加上這一帶地形崎嶇不平，對幼小脆弱的幼犬來說簡直是個無情的考驗。

幸運與艾爾帕躲在一顆大石頭後面，黛西與幼犬聽不見他們說話。當太陽之犬升高至天空，幸運不免同情起三隻幼犬，他們現在一定疲憊不堪且飢腸轆轆。他們身上的毛皮在陽光的照耀之下閃閃發光，他們上氣不接下氣。但他們卻表現得十分堅毅，緩緩跟在黛西身後前進。

「快到了嗎？」拉拉問。

「再走一小段路就有清澈的小河，我聞到了。」黛西對他說。

恬恬轉身望向她。「小河？我的口好乾！哪裡有水？」

「不可能聞得到水。」小牢騷拉高音量。

黛西停下腳步。「如果你仔細嗅聞，就可以聞得到。」她蹲坐下來，將她的鼻子緊貼在崎嶇的地面，然後深呼吸。

恬恬與拉拉跟著依樣畫葫蘆，趴躺在地面嗅聞。幸運感到一陣緊繃，不知道小牢騷作何反應。他以眼角的餘光瞥向艾爾帕。狼犬也正好奇觀望著。**求求你，小牢騷千萬別挑戰黛西的權威**。幸運默默祈禱。

小牢騷一臉狐疑，不過仍舊低下頭跟著嗅聞。有那麼一刻，他幾乎動也不動。霎時，他豎起尾巴。

「有水！」他大喊。「就在不遠處！我聞到了！」

「我也聞到了！」恬恬說完奔向小牢騷，他倆在地面一邊打滾一邊叫著。接著，朝向水源處狂奔。

「別跑得太快。」黛西在後方叫喚著，不過她的口吻是開心的，她搖著尾巴在後頭追趕著。

只有小拉拉站在原地。「我什麼也沒聞到。」他發出嗚咽聲。

黛西趕緊奔回幼犬身邊，舔舔他的耳朵，安撫他。「再試試看。」她告訴他。「你一定辦得到。」

小溪流沿著一道灰色的岩石穿過松樹林。黛西與幼犬們盡情大口喝著水，清淨風塵僕僕的腳掌。接著，黛西帶領著他們朝白色山脊前進。

她想要將幼犬遠遠帶離溪邊，好讓我跟艾爾帕在不被發現的情況下飲水。幸運心想。**她知道我們一路跟蹤他們，卻不想讓幼犬們發現。黛西真是聰明！**他隔著一段距離望著黛西，心中感覺到一陣暖流。

太陽之犬緩緩降下天空，黛西與幼犬們選擇在兩個大石頭的縫隙間過夜，頭頂上頭有一棵彎曲的樹遮蔽。入夜之前還有一段時間，但是黛西似乎不願意再繼續趕路，幼犬們也樂得趴躺在地休息，他們整個白天都在趕路。

幸運與艾爾帕在附近發現一個樹木低垂有如狗尾巴的遮蔽處。幸運感激黛西相中一處地點紮營。**幼犬們肯定累壞了**，他心想，**她必須確保他們能夠保留體力**。黛西照顧幼犬們的舉動令幸運大為感動，但等他轉過身看見艾爾帕時，感動瞬間消失。

狼犬打了個哈欠，露出他的大尖牙。他伸展前腿，舔舔青紫色的疤痕。

「怎麼回事？」幸運望著傷疤問。「怎麼跟猛犬打起來的？」

艾爾帕朝他伸出爪子，大聲咆哮。「你爲什麼想要知道？你樂於打探別人的弱點？是嗎？」

「當然不是這樣。」幸運反駁，試著控制自己的音量。他望向黛西與幼犬們紮營的大石頭。**如果讓他們聽見我的聲音，肯定會知道我們的伎倆，絕對不可能原諒我**。他的目光望向眼前的狼犬。**反正，惹毛艾爾帕也不止這一件**？

他放低音量，語氣溫和地說：「我只是想要知道，你爲什麼恨透了猛犬？」

「我不想要談論這件事。」艾爾帕大聲咆哮。「特別是你，城市佬！」他撇過頭去。「你又憑什麼這麼相信這群幼犬？大家都知道他們嗜血如命。」

「我對狗幫有信心。」幸運對他說，「只要給予他們正確的教養，就算小猛犬也會因此改變。瞧瞧他們跟黛西之間的互動。」

「感謝你對狗幫的支持。」艾爾帕說，他輕鬆躺向一側。「但是重點是天性不會因此改變，我非常清楚。瞧瞧你——你天生就是隻獨行犬，你的血液裡流著這樣的個性。」

幸運背脊發涼，頸背升起。他深呼吸一口，克制自己回嗆艾爾帕的衝動。

狼犬繼續說道：「你獨來獨往的個性絕不會因此改變。你先是加入拴鍊犬，之後又加入荒野狗幫。現在又擔負教養猛犬的責任。我敢說你的承諾不會允諾太久。終究會在哪天醒來，發現你遺棄了狗幫，還有你珍視的小猛犬。我們最後只得收拾善後。」他怒視著幸運，彷彿暗自挑釁他回嘴。

我不會稱他的心，幸運心想，他轉過臉去，試著掩飾他的怒容。

你沒辦法跟狼犬講道理。

艾爾帕又打了個哈欠。「幸運，你的問題就是……」

嘎吱！

樹枝踩斷的聲響同時讓他倆嚇得跳起，他們豎起耳朵，身體緊繃。松樹林過去，傳來沉重的腳步聲，踩踏在灰撲撲的地面。幸運頸背高聳，他見到了一團黑色的影子在林間穿梭。從發出聲響的聲音判斷，對方的身形龐大。他嗅聞著，發現味道帶有濃重的麝香味。他又聽見更多樹枝發出的嘎吱聲響。松樹的針葉四處散落，突然間，對方從樹叢間竄出，衝向石頭區塊。

這頭野獸比起幸運所見過塊頭最大的狗要大上好幾倍。他的毛髮黝黑、濃密、粗硬，步履沉重。他的身體寬闊，尾巴短短一截。巨大的頭顱覆蓋著同樣粗硬的黑毛，圓耳朵，小小的眼睛發出怒火，口鼻的顏色近似燒焦的土壤。

幸運渾身發顫。「這是什麼動物？」他張口結舌，幾乎喘不過氣。

艾爾帕僵在原地，睜大了眼睛。「巨毛怪！他們生活在森林中，總是單獨獵食。他們比起猛犬還要強壯，就連狼群也對他們退避三舍！」

進。

幸好，野獸並未注意到幸運與艾爾帕。他轉過身離開，朝白色山脊前幸運一口氣鯁在喉嚨。**黛西與幼犬們**！他倏地轉身，眼睛直視著艾爾帕。「我知道這件事不是在計畫中，但是我們得叫醒黛西！她跟幼犬們有生命危險！」

他立刻奔往白色山脊的方向，但是艾爾帕往前一跳，以壯碩的身軀阻擋幸運的去路。

「你哪裡也不能去！」狼犬大聲咆哮。

第十七章

「這話什麼意思？你在胡說什麼？」

幸運想要推開艾爾帕，卻被對方反推回來。「我們得幫幫他們！你不明白嗎？你是怎麼回事？」

恐懼令幸運心臟噗通噗通跳，事情刻不容緩！

狼犬殘酷地發出笑聲。「這件事比起我所期望的更好。現在我們有機會瞧瞧猛犬的本性，讓他們獨自面對這個挑戰。」

「不……」幸運本想要開口，卻遭到艾爾帕猛烈的咆哮聲制止。

「這不是要求，是命令，城市佬。」黃色的眼睛望著幸運的背後，看著巨毛怪穿過樹林離開。艾爾帕的眼睛發亮著。「我們終於有機會瞧瞧猛犬的真面目。」他的目光落回到幸運身上。「難道你擔心見到他們野蠻的一面？」

幸運甩甩身體，怒視著艾爾帕。「我擔心的是他們能不能夠活命。」他已經有很長一段時間沒有感覺到這麼無助。他不是應該上前幫助他們，而非在一旁觀看他們受到殘害？

巨毛怪踩著沉重的步伐朝白色山脊前進。在那隻野獸抵達幼犬們休憩的大石頭之前，黛西探出她的小臉蛋，睜大了眼睛，充滿恐懼。巨毛怪停下腳步，轉動他的頭，嗅聞空氣。幸運注意到他的大腳掌末端留有長長的尖爪子。

別嚇著巨毛怪，黛西！幸運暗自默禱。他的眼睛望向天空，哪隻神靈之犬會保護黛西與幼犬們？他默默祈禱：**神靈之犬、日犬與夜犬、水犬與地犬，請庇佑我的同伴們，求求你們！**

小牢騷突然出現在黛西身旁，朝巨毛怪咆哮，短尾巴豎高。

「後退！」黛西發出命令，但是幼犬不理會她，依舊站在黛西身旁，恬恬與拉拉則躲在他們身後。

幸運隔著一段距離觀望，向艾爾帕苦苦哀求。「我們得援救他們！不能留他們單獨面對危險！」

「當然可以。」艾爾帕發出咆哮，站直身子對幸運說。「我告訴過你，這是我對這群野蠻的小傢伙所做的考驗。」

巨毛怪往前走了幾步，停住。他低下頭，嗅聞著充滿塵土的地面，完全無視小牢騷的存在，他開始提高音量，發出幼犬的咆哮聲。

這頭野獸在毫無預警的情況之下朝黛西與幼犬走近。小狗們四散逃逸，嚇得躲在石頭後面，巨毛怪發出怒吼，以後腿站起身子。就連小牢騷也拔腿離開，躲在一旁的松樹。

巨毛怪高舉著大爪子，並未朝幼犬們揮舞，而是揮向低矮的樹枝，落葉頓時飄落下來。他把爪子伸進像是黃色的蜂窩狀東西，抓出黏稠的棕色液體，然後把爪子伸進嘴裡，發出恐怖的隆隆嘆息聲。不久，一群蜜蜂朝野獸的臉龐飛去，只見他甩甩頭，圓圓的耳朵抽動著。野獸舔完爪子上最後一滴棕色液體，又朝樹木一陣揮舞，蜜蜂成群在他身邊嗡嗡飛舞。

幸運渾身發顫鬆了一口氣。「原來他對狗不感興趣。」他嘆口氣。「瞧，他們根本無視於幼犬的存在。樹裡的東西才是他感興趣的東西。」

艾爾帕並未回答，他的目光集中在那隻巨毛怪身上。

幸運總算可以放輕鬆。**他們不會有事，只要黛西與幼犬們保持冷靜，**

就不會有大礙……

巨毛怪離開後，小牢騷跟了上去，黛西、恬恬與拉拉仍嚇得緊靠在石頭旁。

幸運突然受到驚嚇。**小傢伙在做什麼**？

「回來呀，小牢騷！」黛西敦促著幼犬，他卻直挺挺面對野獸。

「我才不怕他呢！」小牢騷大喊著向前。「我不在乎他的體型有多大！」

「那隻幼犬眞是個蠢蛋。」艾爾帕咆哮。

幸運極力試著平靜。「求求你，艾爾帕，我們必須插手！他年紀還小，不知道如何應付這樣的事。他需要狗幫較年長的狗提供協助——像你這樣的狗。」

艾爾帕輕蔑地撇過頭。「猛犬各個都是任性的雜種狗，我一開始就告訴過你。」他堅守立場，拒絕幸運的請求。「我們得讓他們嚐嚐苦頭。」

黛西要求小牢騷撤離。「你這麼做只會惹惱他！」她大喊。

「猛犬面對敵人絕對不撤退！」小牢騷大聲咆哮。

「聰明的狗知道如何避開打鬥。」幸運聽見黛西警告他。「你不可能打得過這樣的龐然大物，沒有誰辦得到！」

「她說得對。」恬恬開口。「瞧瞧他的體型！你只會惹惱他！」

彷彿要證明黛西的論點，巨毛怪最後轉身面對小牢騷，他怒視著幼犬，眼睛發出銳利的光芒。

不。**噢**，**不**。幸運想要衝向前，不過艾爾帕再次阻擋他的去路。他伸長脖子，想要一瞧究竟。

巨毛怪以後腿站立，朝空中揮舞他的前爪，爪子閃著光芒。其中一隻腳掌上還淌著棕色黏稠物。他的大頭朝後一仰，發出咆哮，露出深色的血盆大口，嘴裡長著一圈發黃的大尖牙。

野獸踩踏著沉重的步伐，走向小牢騷，他嚇得退縮至黛西及手足身後。狗兒們緊貼在一面石牆上。

幸運驚嚇得不知如何是好，心臟噗通噗通地跳。「求求你，艾爾帕！我們必須出手相救！就算不是爲了那群小猛犬，也請你救救黛西！她向來效忠狗幫，絲毫沒有抱怨接手這個任務，爲了你以及狗幫其他成員盡一己之力。她不能受到這樣的待遇！我們不能放棄她！」

艾爾帕豎起耳朵，身體緊繃，望著黛西與幼犬們瑟縮在角落。巨毛怪朝他們猛撲而來，巨大的腳掌在空中比劃。黛西倏地發出一聲嗥叫，旋即轉過身，將幼犬們緊緊拉向她的身邊。當他們站起身，幸運見到黛西身上流著血，巨毛怪的爪子在她身上劃開了一道傷口。野獸再度發出一聲咆哮，幸運卻聽見得意的聲音。

黛西急切地環顧四周，此時，她的目光落在幸運與艾爾帕身上。幸運感覺到自己羞愧地胃部都縮了起來，他猛力朝艾爾帕衝撞。粗啞著嗓子大喊。「如果狗幫成員得知你眼睜睜看著一隻忠心耿耿的狗，沒有理由白白犧牲會作何感想？」

狼犬的尾巴抽動了一下。

靠近白色山脊處，黛西聲嘶力竭喊著。「救命！我們被困住了！」

艾爾帕的臉龐閃過一絲不確定。「好吧，跟我走。」他朝巨毛怪的方向猛衝，幸運緊跟在後。

接近那頭野獸時，幸運緩下腳步，他壓低身子，巨毛怪一個轉身，怒視著幸運。黛西與幼犬們緊貼著石牆不斷發抖，見到幸運時紛紛興奮地發出吠叫。

艾爾帕走上前，打算與幸運共進退。他的目光堅定，站立的姿態透露出自信。巨毛怪瞇起眼，打量起眼前這個狗幫的領袖。艾爾帕站在原地，一動也不動。幸運不得不佩服他的聰明。狼犬顯然表達他並不想要打鬥的意思，但是也不會撤退。他步伐緩慢堅定地開始繞著巨毛怪打轉，目的是爲了站在黛西與幼犬們的前方，暗指他會保護他們的安危。幸運則是站在他的身邊。

巨毛怪望著他倆的舉動，不過無意繼續靠近。

幸運開始語氣和緩說：「黛西，等我指示後，你開始沿著石牆緩緩退離巨毛怪。還有幼犬們也是一樣，記得小步離開。不是現在。」他發出警告，因爲他見到拉拉驚慌地想要快步跑開。

拉拉聽見幸運的警告後僵在原地。

「只有幸運下達命令時才照辦。」黛西再次確認，恬恬站在她身旁，低下頭，默默聽從。就連小牢騷也噤聲不語。

「歐米茄跟我同樣會小步離開。」艾爾帕說，他的目光絲毫沒有從巨毛怪身上離開。「別讓他受到任何一丁點驚嚇。」

幸運點點頭。「只要等候指令。」

巨毛怪依舊朝艾爾帕與幸運怒目相視，他高舉其中一隻前腳。

「現在！」艾爾帕發號命令。

「記得小步離開！」幸運盡可能小聲對他們說。他跟艾爾帕則開始緩步爬離巨毛怪。黛西聽從指示小步貼著石牆離開，恬恬與拉拉緊跟在後。但小牢騷似乎沒有撤離的意思，他杵在原地不動，小小的身軀因為緊張而發顫。

巨毛怪望著幸運與艾爾帕離開。他像是完全忘了石頭旁那幾隻幼犬，低下頭，舔舔腳掌，將最後殘留的棕色物舔個乾淨。過了一會兒，他砰的一聲，四肢站回地面，開始朝向森林緩步離去。

「他離開了！」幸運小聲說，他感到全身放鬆。

艾爾帕可沒高興太早。「要不是猛犬害他逗留……」

只見小牢騷向前一站，說：「快滾吧！你們根本不是猛犬的對手！敵人終將向真正的戰士伏首稱臣。」

幸運對眼前所見簡直不感置信。幼犬顯然把巨毛怪的離開視為軟弱的徵兆。「事情並非如你所想，小牢騷！」他說，不過幼犬卻完全無視於他。

「要是你膽敢回來，看你會有什麼下場！」小牢騷大聲咆哮。

「住嘴，小子！」艾爾帕回嗆。

巨毛怪突然止住腳步，一個轉身，目光落在小牢騷身上。他再次站直身體，爪子一伸，準備朝幼犬猛撲而來。他發出劇烈的吼叫，整個世界彷彿受到震顫般。幸運撲向小牢騷，將幼犬拉離巨毛怪。

「我們快離開這裡！」他大聲吠叫，不在乎此時他放大了自己的音量。「快跑回營地！快！」

「這邊！」艾爾帕對黛西說。他衝向石頭堆，黛西則跟在後面跑，她不時回頭張望，確保恬恬與拉拉緊跟在後。他們在石堆間穿梭，循著彎曲的路線返回森林，消失在樹林與濃密的樹叢間。

幸運遠遠朝後撤離，帶著不情願的小牢騷半推半拉地離開。巨毛怪放下四肢，再次發出咆哮，他轉動頭，齜牙咧嘴，黃色的尖牙沾滿唾液。幸運害怕得發顫，拉著小牢騷朝森林裡去。野獸的腳掌重重踩在地面，朝他們追逐，想要逮住他們。就在千鈞一髮之際，野獸突然停頓下來。幸運冒險朝後張望，看見巨毛怪正嗅聞著空氣，循著氣味朝另外一個方向前進。

幸運鬆開小牢騷，癱軟在一棵樹下，身體不停喘著氣。他憤怒地望向幼犬。「你在想些什麼？你會害自己送命！其他同伴怎麼辦，你難道不關心他們的安危？」

小牢騷一點也不感到慚愧。「我一點也不懼怕惡勢力！」他大聲咆哮。「絕不能夠在敵人面前顯露軟弱的模樣！」

幸運留意到小牢騷的咆哮聲愈發深沉，目露凶光的模樣幸運從來沒見過。**他一天一天愈來愈不像隻幼犬**。

「你會因此害我們全都賠上性命。」幸運對幼犬說。他感到不可置信，這番話竟從他口中說出。「你的行爲簡直魯莽至極，不懼怕惡勢力是件好事，但是挑起戰爭是蠢蛋才會做的事。巨毛怪的體型比起我們幾個加起來還要大！魯莽行事前必須三思。黛西今天不是有教過你？你認爲她此刻會以你爲傲嗎？」

小牢騷的目光移向地面，至少，他表現出羞愧的模樣。幸運的怒氣逐漸平息。他要如何向幼犬解釋他受制於艾爾帕，因此只有在狼犬的命令之下，他才會迎向危險？

他把頭埋進草堆裡，闔上眼，納悶艾爾帕是否說得沒錯。

或許，小猛犬完全無法被教導。

第十八章

隔天，太陽之犬來到正午的至高點，狗幫聚集在斜坡不遠處的草地上。松樹的清香與溫暖大地的氣味在空氣中融合，在微風中瀰漫。幸運凝望著森林邊緣的一整排石頭，他想像小牢騷、恬恬與拉拉在洞穴內小睡時，達特守在一旁看顧著他們。幸運聽見艾爾帕叮囑她讓「壞猛犬」與北鼻跟妞妞保持距離，他們正待在幼犬的窩巢內休憩。他可以接受小牢騷因爲素行不良，必須接受管教，但是恬恬與拉拉連帶受到責罰似乎並不公允。

他轉身望向狗幫。不遠處，春天正與史奈普小聲交談。幸運聽見諸如攻擊性、不值得信賴的字眼，他的尾巴垂了下來。黛西走近幸運，麥基蹲坐在附近，朝幸運點頭，給他打氣。

多數的狗選擇跟艾爾帕同邊站，他心想，目光瞥見甜心望著他。

她轉過身去，艾爾帕則從松樹叢間步出，曲起背，緩緩走向眾狗，就中間的位置站好。

「你們一定都很想知道測驗的結果。」他開口說，目光嚴峻望向在場的所有狗。「你們當中或許已經聽聞巨毛怪的事。」

眾狗紛紛感染一股恐懼的氣氛。

「你們當真見到了巨毛怪？」春天問。「他們真的存在？」

月亮站起身。「在哪裡？」她神色緊張望向岩石區與洞穴入口。

「不在這兒附近。」艾爾帕向她保證。他抓抓耳朵，等候大夥肅靜。等大夥再次恢復安靜，他繼續往下說：「我們在跟蹤黛西跟幼犬時見到了那頭野獸。他似乎對樹上的東西較感興趣。」

「他們吃樹？」費瑞問，黑色的臉龐一臉困惑。「他們不是肉食性動物嗎？」

「我不是要來討論巨毛怪的事。」艾爾帕不耐煩發起牢騷。「這頭野獸體型龐大，他朝黛西跟幼犬休憩的地方靠近，卻對他們不感興趣。是不是這樣？」

艾爾帕把話題轉向黛西，只見她垂著頭回答，「沒錯，巨毛怪起初不理會我們，他只想要靠近樹木。要是沒擋住他的去路，我們根本毫髮無傷。」

「然後發生了什麼事？」艾爾帕問。

幸運渾身緊繃。這一點也不公平——狼犬假裝自己不過問些無傷大雅的問題，卻引導黛西說出幼犬的惡行惡狀。幸運不得不再度佩服艾爾帕的聰明，儘管他並不喜歡他的手段。他只得緊咬牙根，免得難過地叫出聲來。

黛西望著幸運，緊張地舔著嘴唇。

「沒必要尋求歐米茄的幫忙！」艾爾帕失控發出咆哮。他的目光環顧四周，像在查看是否有誰發現他幾乎要發怒。他深呼吸一口，繼續往下說，口氣顯得平穩。「只是要把事實告訴大家。究竟發生了什麼事？」

黛西垂下雙眼，低著頭說話。「小牢騷開始發出吠叫，挑釁巨毛怪。」

眾狗一陣驚呼。

「簡直魯莽極了。」艾爾帕口氣斷然。「只有本性邪惡的狗會做出這樣的舉動。」

「眞是可鄙。」懷恩附和，他向狼犬彎腰屈身，一副諂媚模樣。

幸運再也聽不下去。「或者應該說有膽識。」他開口說。小牢騷的確行事魯莽，但他不會因爲他們一時犯下的錯誤就否決他們。他與其他幼犬需要時間學習，就是這樣。「他們會成爲狗幫的利器，保護我們免於遭受攻擊。你肯定也看出了他們的潛力。」

艾爾帕朝他發出咆哮。「保護自身免於遭受傷害是一回事，但是招致一場打鬥又是另外一回事。他們想要製造衝突。他們就是無法克制自己不這麼做！特別是那隻壞透了的小牢騷。他長得很快，顯露出他的劣根性。正常的狗怎麼會在危機解除的情況下回頭去追逐一隻野獸？」

「他追逐巨毛怪？」春天感到不可思議。

幸運瞪了她一眼，布魯諾站在春天身邊，眼睛睜得好大，雖然如此他知道自己最好乖乖閉嘴。

「你確定那頭野獸打消攻擊的念頭？」貝拉態度謹愼問道。「說不定……」

「是撤退沒錯。」艾爾帕打斷，他目光銳利朝黛西的方向望過去，她難過地點點頭。

「你們看？」艾爾帕繼續往下說。「我們無法信任猛犬們！」

幸運肌肉緊繃，感到沮喪。**這一點也不公平！艾爾帕怎麼讓幼犬們脫離狗幫的羽翼，將他們置於危險中**？他絕望地望著在場的狗，想要知道有誰站在他這一邊。春天看上去一臉怒容，史奈普的耳朵與肩膀下垂，顯得難過，這究竟意味著是好是壞？每隻狗似乎陷入沉思。就連瑪莎臉上的表情也令幸運難以判斷。她的眼神顯得空茫。

艾爾帕站起身。「現在問題在於該如何處置這些猛犬？我們繼續尋覓新營地，將他們留在荒野。或者……」狼犬的耳朵抽動一下，「做個了斷？」

幸運嚇得張大了嘴。

「你該不會眞的要……殺了這群幼犬吧？」麥基瞠目結舌。

艾爾帕態度淡然，毫無歉意。「這也是一個選擇。」

「這件事得速戰速決。」史奈普說。「他們一天天長大。」

「他們不過是幼犬！」幸運咆哮。「你怎麼會想要傷害他們？」

「我不允許這麼做！」瑪莎拉高音量，走向前。其他的狗爲此喧鬧不已時，瑪莎靜默不語，但此時她身黑色的臉龐卻忍不住激動。「我願意放棄他們，這麼一來，你不必老擔心他們的事！但是如果你敢動他們身上一根寒毛，得先經過我這一關！」

艾爾帕轉過身，朝她發出咆哮，麥基則上前走近瑪莎，舔舔她的脖子，要她冷靜一點。他轉身面對艾爾帕，聲音溫和講理。「幼犬無意造成任何傷害。我們會確保管束他們的行爲。這不過是欠缺訓練的問題而已。」

「太遲了。」費瑞說。「他們其中一隻猛犬攻擊妞妞，差點害死她。」

「這是誤會一場。」瑪莎反駁他。在場其他狗見到紛紛讓開，害怕夾在兩隻大狗中間。「他不過是在玩鬥毆遊戲而已。」

「況且惹事的只有小牢騷。」黛西喃喃說道。「其他兩隻猛犬表現得很好，遵從所有的指令。」

月亮朝她大吼。「殺戮遊戲本來就很殘忍，我認爲不該讓他們繼續留在狗幫。」

春天甩甩她那既長又服貼的耳朵。「但他們會繼續追逐我們，對我們展開報復，獵殺我們！」

報復？幸運甩甩耳朵。難道春天當眞以爲這些幼犬們眞的能夠對狗幫展開報復？

「的確。」懷恩畏畏縮縮附和。「最好現在就能夠把問題解決，以免後患無窮。」

「他們不是什麼問題！」幸運大聲咆哮。他沒辦法在這裡端坐，聆聽狗幫成員的意見。「他們是幼犬！」

「我們不該暗中設計他們。」瑪莎的聲音顯得激動。「眞是不可原諒！」

一陣怒吼打斷所有狗幫成員的喧鬧交談，衆狗霎時怔住，靜默不語。只見小牢騷、恬恬與拉拉站在幾步之遙的距離。

達特緊跟在他們身後，渾身顫抖。「他們聽見吠叫聲……想知道發生什麼事。我沒法阻止他們。」

小牢騷憤怒地拉高音量：「你竟然讓巨毛怪接近我們，只爲了測試我們？」他怒視著艾爾帕。「你怎麼能這麼做？要是他活生生把我們吃了？」

小牢騷的怒吼可嚇退不了艾爾帕。「閉嘴，小子！我可是這裡的老大，希望你注意到這點。」他反駁道。「巨毛怪並非原先安排的計畫，不過我的確趁機觀察猛犬們如何面對危險。我是爲了保護狗幫。這個重擔自然落到我的頭上，我會不計任何代價，確保狗幫所有成員的安危。」

「小牢騷。」幸運的聲音變得和緩。即使他不同意狼犬的計謀，他也要想辦法控制目前的情況。「希望你能夠諒解。」

他的話立刻被另一個拉高的聲音給打斷。「你怎能坐視讓這樣的事發生？」恬恬惡狠狠瞪著幸運。「我們這麼信任你！」

小拉拉盯著幸運瞧，棕色眼睛睜得好大，後腿夾著短尾巴。不像其他手足，他只敢默默表達看法，幸運只聽見他說了，「我還以爲你喜歡我們，是我們的朋友。」

幸運內心一陣糾結，感到內疚。「我的確是你們的朋友，但沒想到會發生這樣的事。」他想要解釋，卻發現找不到適切的理由替自己解圍。他自始自終從未想過要背叛年幼的猛犬。不過，他的確成爲艾爾帕的共犯，讓幼犬感到失望。他朝前走向他們，望著小牢騷、恬恬，最後再望向拉拉。「我很抱歉。」

拉拉轉身望著他的姐姐。「他們的確救了我們一命。幸運與艾爾帕引開巨毛怪的注意。我們也受到了幸運與麥基的照顧，沒有被留在猛犬的窩巢。」

恬恬望著她的弟弟，然後偏斜著頭看著幸運。「我們原諒你，不是嗎，拉拉？」

拉拉跳往幸運身上，他彎下身舔舔他的耳朵。麥基則步上前去，當著其他狗的面，把恬恬喚來他的身邊。

幸運終於感覺鬆了一口氣，幼犬們不再記恨著他。他們在狗幫面前的表現展現他們成熟與融入所屬團體的能力。幸運見到貝拉面露懷疑的眼神。甜心則是若有所思地抓扒著地面。**他們見到這群幼犬溫和的一面**。只有小牢騷依舊站在原地，與狗幫保持一段距離。幸運抬起頭，看見他的眼睛充滿怒火。

「你怎麼說，小牢騷？是否願意接受我的道歉？」

求求你同意原諒我，說些挽救這個僵局的話語。

幼犬站起身，胸口像洩了氣一般。「我絕不會原諒你！」他咆哮著。「我的手足們太過軟弱，但是我知道該與誰爲敵。非我同類者都不該相信

——狂暴、沒有教養以及狡猾的狗沒有任何自尊心或是榮譽感。我們不應該追隨你。」他轉身望向恬恬與拉拉，大聲咆哮。「你們兩個，我們走！」

恬恬步向小牢騷卻顯露猶豫，轉身回望麥基。拉拉則是堅定地站在幸運的身邊。

小牢騷朝手足們大聲喊道。「走呀！他們不希望把我們留下，我們比起這個劣質的狗幫好多了。我們要去前往尋找我們的同類，那裡才是我們的歸屬！」

陰影落在聚集的狗幫身上。幸運轉身，見到龐大的黑色影子落在松樹底端。光滑的臉龐上一雙黑色眼睛閃閃發亮，下顎微張，露出一道白色閃光。

粗暴的聲音說道：「你不必來找我們……我們自己找上門了。」

第十九章

猛犬抬起頭，怒視著荒野狗幫。她身上的毛皮光滑，毛髮在緊繃結實的身體上飄動。恐懼令幸運胃部翻攪，頭暈目眩。殘酷的猛犬狗幫領袖正是一名叫作刀鋒的狗。幸運曾在狗花園見識過她發出的憤怒吠叫聲，以及殘忍的領導方式。貝拉站在幾步之遙的距離，低聲說道：「是她！我們逃出她的掌心一回，她現在上門來報復我們了！」

「我不認爲她要找的是我們。」幸運說著，蹭蹭拉拉，庇護著他。他將幼犬推往身後，讓自己夾在拉拉跟刀鋒之間。

「怎麼回事？」拉拉想繞到幸運跟前。

「別動。」幸運小聲說道，他始終面朝刀鋒的方向。現在不管發生何事，肯定不是什麼好事。

刀鋒身旁的長草朝兩邊分開，更多棕黑色臉龐出現，群狗沿著一列松樹邊緣站立。**所有的猛犬全集結於此！**

達特率先發出呼號。「我們遭受攻擊！」

狗幫所處的草堆立刻引起騷動。懷恩嚇得發出嗥叫，奔回布魯諾身邊。布魯諾向史奈普衝撞，結果她拉高了聲音發出吠叫，跳了起來。只有甜心衝向狗幫面前，作勢保護眾狗，但幸運見到她的身體劇烈起伏，發出嗥叫：「各就定位！」

幸運渾身發顫。猛犬們在刀鋒身後形成簡潔的隊形，三個一列，耳朵的尖端整齊排列臻於完美。這向來是猛犬威嚇敵人的把戲。

狗幫的成員全望向艾爾帕，等候他的指令。艾爾帕卻猶豫起來，他跟幸運一樣，被刀鋒訓練有素的隊伍給震攝住。

貝拉猛衝向前，她齜牙咧嘴，發出咆哮，毫無懼色。「你們都聽見指令了！」她大喊。「排成一列！讓艾爾帕跟貝塔領隊，保護幼犬！」

幸運內心一陣激動，他見到狗幫成員在三隻幼犬前方排列出一個鬆散的隊形。但是布魯諾跟懷恩太過恐懼，以至於無心聽從命令，瘋狂繞著圈打轉，發出吠叫。恐慌的氛圍感染了其他狗，春天嚇得當場來回抓扒地面，在她身旁的陽光則渾身顫抖。艾爾帕開始步向甜心，他的一雙黃色眼睛落在刀鋒身上時，渾身怔住不動。幸運在那張帶有狼族特徵的臉龐瞥見到驚恐的神情。**難道他又要像那次驚見烏雲出現時那般表現反常**？

「眾狗集合！」刀鋒強有力的聲音發出命令。猛犬立刻做出動作，跟隨著刀鋒，從松樹往草地移動。

「我們必須捍衛營地！」貝拉大喊，她跟甜心一塊兒站在狗幫前面，勇敢堅守崗位。

「我們不會被打敗！」甜心發出吼叫。

幸運望著猛犬們準備越過草地，他們面無表情，緊閉著嘴。他想起這群狗在狗花園發動攻擊時展現的紀律，當時他們當場逮住拴鍊犬偷偷竊取他們的食物。如果此時雙方將要在空地開打，幸運知道慌亂成一團的狗幫絕對處於劣勢。

他們必須急中生智——愈快愈好。

艾爾帕起身，黃色目光望向幸運。**他肯定把這一切怪罪在我身上**，幸運心想。**是我把小猛犬帶回營地，並說服麥基從中幫忙……**

「狗幫成員們別動！」艾爾帕發出狼嗥般的命令聲。瑪莎踩住了黛西，她發出吠叫，扭曲身體，撞向月亮，不過他們眼中的驚恐略爲減少。

幸運看到甜心湊近月亮。「趕緊返回岩石區。」她小聲說道。「要北鼻與妞妞待在幼犬的窩巢，別讓他們出來，等到一切結束後才行。」

月亮帶著感激之意，朝她迅速點點頭，她望向費瑞，然後他倆一塊兒朝岩石區方向奔去。

猛犬們依舊緩步前進，步伐整齊劃一，宛如一道堅實的棕黑色牆面。荒野狗幫儘管一直站在原地，但幸運知道他們毫無準備。達特把頭埋進腳掌，無助地哀嚎。布魯諾呼天搶地。營地周圍彷彿籠罩著一層恐懼。

恐懼發出的惡臭令幸運頭暈目眩。

拉拉？拉拉在哪裡？他猛然搜尋不到他的身影，胃部翻攪。他在驚慌中弄丟了幼犬，觸目所及不見小猛犬們的蹤影。

「弟兄們！」刀鋒大聲咆哮。「遏制這群雜種狗，找出小猛犬！」

荒野狗幫還來不及阻止對方，猛犬轉變隊形，將荒野狗幫團團包圍，令他們動彈不得。

「臉部朝外，」甜心大喊。「別將視線從他們身上移開！」荒野狗幫的成員緊貼著彼此，互相推擠，極力想要抵抗邪惡的猛犬。幸運感覺到身旁的同伴躁動不安，甚至不知誰咬住他的身體——所有同伴因恐懼慌亂成一團。

「保持清醒。」艾爾帕發出吼叫。「否則我要撕裂你們的喉嚨！」

霎時，猛犬們保持不動，他們環顧四周，喘著氣。幸運驚訝他們竟如此輕易便制伏住荒野狗幫。恬恬、拉拉與小牢騷簇擁著彼此，位於圓圈的正中央。

幸運穿過同伴，擠往幼犬身邊。「小傢伙們，你們還好嗎？」他的聲音幾乎被一陣呼天搶地的聲音所淹沒，猛犬們則間歇發出巨大的吠叫聲。

拉拉湊近幸運身邊，恬恬開口回答。「我們沒事，但究竟發生什麼事？」

小牢騷朝後一退，怒視著幸運。「是我們的狗幫來帶我們離開。我們終於可以離開這個爛地方，還有這群耍詐的狗。」

幸運彷彿遭受打擊，感到退縮。「小牢騷……」

幼犬無視於幸運，朝聚攏一塊兒的荒野狗幫衝撞，想要尋找出路。幸運追趕在後，他及時在幼犬衝出荒野狗幫之前抓住了他。

「退後！」幸運命令，用身體阻擋小牢騷的去路。接著，他抬起頭，突然感到一陣背脊發涼。一對充滿怒火的眼神望著他，令他覺得似曾相識。是刀鋒的貝塔。

「他們在這裡，艾爾帕！」對方發出嗥叫。「這隻雜種狗把他們帶來給我們。」

「幹得好，麥斯！」刀鋒說。她依舊站在松樹群的至高處指揮著。

「聽候你的指示，刀鋒！」麥斯回答，幸運聞到了他嘴裡的酸腐氣味。他發現麥斯瘦得見骨。他的雙頰凹陷，身上露出肌肉的線條，當初在狗花園見到他時並非現在這副模樣。缺少長爪按時餵養，狗兒變得瘦骨嶙峋、飢腸轆轆，模樣看上去更加驚駭。

刀鋒奔向草堆，瞧著荒野狗幫，皺縮起鼻子。「可悲的雜牌軍！瞧瞧你們有多輕易屈服？」她緩緩繞著荒野狗幫前進，布魯諾與達特嚇得發出嗚咽。

刀鋒朝幸運接近時，他嚇得渾身發顫。他感覺到背後有走動的聲響，不久，艾爾帕現身在他身旁。狼犬顯得格外的平靜，即使他率領的狗幫只一心寄望猛犬幫對他們大發慈悲。只有幸運見到他的胸口劇烈起伏，呼吸顯得急促。

對方的領袖朝艾爾帕接近時，他直挺挺站著。「你們爲何到這兒來？」他問，聲音低沉、平穩——不帶有屈服，也毫無攻擊之意。

刀鋒朝前一站，將艾爾帕從頭到腳打量一遍。儘管他比對方高，但對方體格壯碩，光滑的毛皮之下，肌肉結實。「你偷走了我們的幼犬。」她大聲咆哮。

幸運感覺到小牢騷衝撞著他，但他不動聲色，想起他親自埋葬的狗母親。**我聽見她呼喊著求救，是這群狗殺害了她**，幸運對自己說，他不禁感到不寒而慄。不知道猛犬會如何對待她的幼犬？

艾爾帕直視著刀鋒。「我們沒有偷走他們。我們的歐米茄發現他們落單，遭到遺棄，把他們帶回我們的狗幫，讓他們受到妥善的照顧。他以爲你們棄守了自己的營地。」

刀鋒一對黑色的眼瞳望向幸運。「是你！你曾入侵過我們的營地一次，你這個齷齪的鼠輩！爲何帶走幼犬？」

幸運的四肢不斷顫抖，不知道該如何回應她的目光。「我無意造成任何衝突，他們餓壞了。我們……我……只想要幫忙。」

「我們的營地並未遭到棄守！」刀鋒回應。「這群幼犬歸我們所有，我要帶走他們。」

小牢騷站在幸運後方似乎鬆了一口氣，彷彿他早就料到猛犬會來接他們。他朝刀鋒的方向一跳，「我在這裡！」他高聲吠叫，「報到。」

刀鋒滿意地點點頭。幸運站在一旁觀看，耳朵低垂。難道小牢騷一直在等待著這個時機？他對幸運一點感激之意也沒有，也不喜歡荒野狗幫？

幸運希望小牢騷親敵的行爲會令刀鋒感到滿意，但他不禁感到懷疑。

她的意思是要帶走所有的小猛犬。

「其他猛犬呢？」她說，這句話證實了他的恐懼。

衆狗間傳來一聲低沉的吠叫，瑪莎抬起她那張大而溫和的臉龐。「艾爾帕，你不能放任他綁架幼犬！我們承諾過要保護他們！」

狼犬轉過身望向瑪莎，目光銳利望著她。「我所做的決定都是爲了狗幫著想。」說完後，他轉身望向刀鋒。「帶走他們。」

瑪莎氣憤大喊。「你怎能把幼犬交給她？她會傷害他們！你難道看不出來？」

幸運望著這一幕，突然對艾爾帕感到同情。他有什麼辦法？身邊被猛犬團團包圍，他絕不可能挑釁對方，不答應對方提出的要求。

刀鋒無視於瑪莎的存在，轉身望向幸運。「你該慶幸我們只想要回猛犬。再讓我逮到機會，我會咬掉你的舌頭，雜種狗，你在我的地盤攪了我一道！如果你再壞了我的好事，我肯定會這麼做。」她的嘴唇抽動著，白色的尖牙備具威脅。「另外兩隻猛犬呢？我要帶走他們。」

幸運豎起耳朵，難道刀鋒是狗母親？

艾爾帕瞇起眼。「如果他們是你的幼犬，肯定會跟你走。」

荒野狗幫成員異口同聲附和。幸運納悶地抬起頭：**如果刀鋒是幼犬們的母親，那麼我在狗花園埋葬的又是誰？**

「沒錯。幼犬們應該跟著自己的母親生活。」月亮說，她總算鬆了一口氣。

「這是再自然不過的事。」史奈普也同意。「我們不該分開他們，他們應該跟猛犬們一塊兒。」

甜心瞇起眼。「我還以爲他們的母親死了。」

我也是這麼認為，幸運心想。他與麥基四目相望，他看著麥基，再看看幼犬，然後望著刀鋒，她的耳朵平貼在頭的兩側。

在場多數的狗只想要盡快結束這場紛爭，因此，他們並未像幸運、甜心與貝拉那般問太多問題。

「幼犬們本該跟自己的母親一塊兒生活。」春天立即表達她的意見。

「跟著同類一起生活對他們來說最好。」布魯諾接著說。

幸運掙扎著想要喊出刀鋒說謊的衝動。但這麼做又有何用？狗幫多數成員早在艾爾帕考驗幼犬之前，就對這群小猛犬的忠誠度大感懷疑，加上小牢騷已經選邊站。此時，在猛犬的重重包圍之下，除了同意對方的條件之外，別無其他的選擇。

刀鋒尖銳的嗥叫聲劃破空氣。「還我幼犬來！我等的不耐煩了！」她在眾狗之間來回走動，突然朝黛西猛衝。黛西失去戒心，試著轉身，卻無法及時逃開。

刀鋒的血盆大口朝黛西的脖子一咬。小狗僵住，雙眼因為恐懼睜得好大，猛犬的艾爾帕用她有力的前腿，將黛西壓制在地。

「我現在就要帶走我的幼犬！」刀鋒大聲咆哮。當她扭過頭去望著幸運，他見到她的耳朵下方有個白色齒印。他想起和麥基一塊兒埋葬的狗母親，身邊那隻斷氣的幼犬，身上也帶有相同的痕跡。

麥基在幸運耳邊小聲說：「刀鋒應該是……那隻斷氣小狗的母親。」

幸運點點頭，逐漸理解整個情況。「或許刀鋒憑藉著身爲母親的本能，想要照顧幼犬——只要是猛犬的子嗣，不論是誰的孩子。」

幸運直視著眼前這隻猛犬，他所見到的會是一隻悲傷過度，因此失去理智的母親嗎？這足以解釋她之所以如此衝動的原因——如果她以爲荒野狗幫有她渴望得到的東西。如果她不是一隻善於殺戮的猛犬，幸運恐怕要替她感到遺憾。

黛西的吠叫聲打斷他的思緒。刀鋒緊咬住黛西的脖子。

艾爾帕轉身望向他的狗幫。「讓幼犬們離開！」他下令。

刀鋒向其中一隻包圍荒野狗幫的猛犬點頭示意，他退到一邊，確保此處安全無虞。站在荒野狗幫中間的布魯諾、懷恩與達特讓出一條路，讓恬恬與拉拉現身。

「小傢伙們，返回你們的狗幫。」艾爾帕對他們說。儘管口氣嚴肅，但聲音卻變得和緩。幸運以爲自己聽到了一絲懊悔。

恬恬越過荒野狗幫，直到她與刀鋒相隔一小段距離。她抬高了頭，短尾巴在身後擺動。幸運內心不免感到驕傲。母幼犬短短時間，成熟長大了不少。本著她的大膽與無懼特質，她會成爲狗幫的偉大資產。但如今，她將被野蠻又具攻擊性的猛犬養大，將毫無選擇的餘地成為一隻連艾爾帕都懼怕的狗。

他們全都可以成為善良的狗，幸運十分確定。就連小牢騷也能夠……他望著毛皮光滑的幼犬走向姊姊，舔舔她的鼻子。她也做出同樣的回應。接著，她在眾狗間搜尋幸運的臉，難過地朝他眨眨眼睛。

只有拉拉停在原地不動，不願意加入原來的狗幫。瑪莎向他走近，他卻退了開，嗚咽說道：「我不想要跟他們一道走，我想要跟你、幸運、麥基和其他荒野狗幫的成員在一起生活。」

瑪莎環顧四周，旋即朝荒野狗幫的同伴們呼喊。「你們願意眼睜睜望著這件事發生嗎？你們怎麼可以把幼犬交給這群野獸？」

「走吧，短刀！」麥斯大喊。刀鋒的貝塔與另外一隻棕色毛髮、有張圓臉的猛犬一起走向前。荒野狗幫成員紛紛後退，讓他們通過。猛犬們不發一語，帶著拉拉離開，幼犬一點選擇餘地也沒有。

瑪莎轉過身去，發出一聲哀鳴，離開身邊的同伴。她無視於在一旁看守的猛犬，越過他，低著頭穿過草地。

猛犬將拉拉帶往他的手足身邊。他靠在恬恬身上，耳朵平貼。「我們眞的必須離開嗎？」他發出嗚咽。

小牢騷一臉怒容對他說：「我們跟這群兇猛、勇敢的戰士才是同類，而非這群見到愚蠢的巨毛怪就嚇得屁滾尿流的膽小鬼。」

刀鋒豎起耳朵，好奇地打量著幸運。猛犬們發出嗥叫聲，彷彿巨毛怪就在附近。他們對這樣的野獸絲毫不懼怕，令幸運不安地垂下尾巴。

最後，刀鋒終於放開黛西，她拔腿離開，躲在貝拉的身旁渾身發顫。「準備撤退！」刀鋒大喊，小猛犬們身體僵直。

「我不想要離開！」恬恬發出哀嚎。

「我也不想走。」拉拉接著說。「麥基，別讓他們帶走我們！」

麥基低下頭。「我們不會忘記你們。」他難過地低聲說。

刀鋒怒視著他。「再多說一個字，毛茸茸的傢伙，看我扯開你的喉嚨！」

麥基一陣退縮，幸運站在他身旁立刻渾身緊繃，做好迎戰的準備。**如果刀鋒膽敢動麥基一根寒毛，我也不會放過她，就算犧牲生命在所不惜！**

刀鋒抬起頭，目光掃視在場的荒野狗幫成員。接著，她一個轉身，挺直身體，豎起三角耳朵。猛犬們開始朝向松樹方向前進，刀鋒負責帶頭，麥斯殿後，幼犬們則被夾在中間的位置。

幸運奔上前，望著幼犬們被帶離開。**森林之犬，請庇佑這群幼犬。他們年幼、單純，卻將跟著殘酷的狗幫一塊兒生活。求求你，別讓他們受到任何傷害。**

猛犬們頭頂的太陽之犬正朝向地平線下降。幸運望著清澈的湛藍天空，納悶著蒼穹之下如此紛擾，爲何天空卻一片平靜？他不禁回想起幼年時遭逢的暴雨，令他和手足們嚇得躲在狗媽媽的懷中。他想起力量強大的天空之犬。他們難道不是最具有能力的神靈之犬？

幸運再度暗自祈禱。**求求你，偉大的天犬，請保護小幼犬們安全無虞。**

拉拉想掙脫圍繞在身邊的猛犬，回望著幸運，朝他最後一瞥，眼神充滿悲傷。幸運抬起頭，嘴角吐出舌頭。他強迫自己擺動尾巴，希望能夠鼓舞幼犬，給予他朝向漫漫長路前進的勇氣。

他掙扎著不讓自己發出嗥叫，轉過身去。背地裡，他的心卻難過地糾結在一塊。

第二十章

低矮迷霧從松樹枝椏沉降至草地，蔓延開來，如一片灰色毛皮。月亮之犬的光線穿透進去，但漆黑的夜空不見任何星星。

幸運坐在松樹間，眼神空茫望著營地的遠方，他渾身發顫。刺骨的冷風吹拂在他的身上。他仍舊望著眼前一片空茫，幼犬們卻再也不會出現。好幾回，他以爲自己見到他們沿著湖岸奔跑的身影，一路奔向松樹。他的眼角似乎瞥見他們身上光滑的毛皮。他的耳朵抽動著，以爲自己聽見他們興奮的呼喊聲，腳步輕踩在地，發出的微弱嘎吱聲響。

幸運嘆了一口氣，躺臥在雜草堆裡。幼犬如今已經走遠，跟著猛犬們一起過夜。他們要如何跟這群殘酷的狗幫一道生活？就連小牢騷也比起他所想的還要脆弱，恬恬雖然適應得很快，但她畢竟還小。

還有可憐的小拉拉⋯⋯

自從猛犬離開後，營地異常安靜。麥基前去尋找瑪莎，她一臉沮喪地坐在幼犬的窩巢。費瑞帶領一群狩獵犬外出獵食；春天、達特與黛西則是前往巡邏。用餐時間很早就結束了，彼此幾乎沒有交換任何隻字片語，食物一如往常根據階級分配，一切如常。艾爾帕返回洞穴休息。沒有哪隻狗提起大嗥叫的事，這點倒是令幸運鬆了一口氣。

我明白儀式可以幫助狗幫再度恢復以往的團結，但我尚未準備好跟這群狗一塊做心靈的交流。還不是時候——特別是在他們讓猛犬帶走幼犬之後。幸運回想荒野狗幫潰不成軍與驚慌無助的模樣，內心涼了半截，猛犬幫相形之下顯得平靜又有紀律。

我們讓幼犬們失望了⋯⋯

甜心尚未出現，幸運便聞到了她的氣味。她登上陡坡，來到松樹叢，迷霧一般，在幸運身邊出現。幸運內心感到震顫，不知如何形容這種複雜的情感。他的目光望向遠方的樹林。

甜心放輕腳步，蹲坐在幸運身旁。「我猜你很快就要離開了。」

這句話像是結論，而非問題，幸運因此默不作聲。迷霧緩緩沿著松樹的枝椏攀附下來形成白色的圓圈。甜心再度開口。「畢竟，你是隻獨行犬。自從我們在城市裡相遇後，你偶爾會這麼提起。你之所以繼續留在狗幫……我想是出於某種道義上的責任。上一次是為了貝拉與拴鍊犬。這回則是因為幼犬。現在，他們離開了……」她的聲音顯得有些感傷。「我知道你過不慣跟狗幫一起生活。如果你決定再次離開，我不怪你。這次我會諒解。我願意原諒你。」

幸運的耳朵抽動了一下，覺得有些惱怒。「你願意原諒我？」他大聲咆哮。「甜心，你真是既體貼又慷慨。」他轉過身，看見她明亮的眼睛在一片迷霧中發光。

甜心略感震驚。「我沒有侮辱你的意思，我只是以為你不願意加入狗幫，是吧？」

「我想要什麼很重要嗎？」幸運回應。「我想要幫助幼犬，現在他們卻跟猛犬那般野蠻的傢伙離開。我不想要把他們交出去，卻聽命照辦。這一切又有何用？」

他怒視著甜心，她眨眨眼睛，模樣看上去有些受傷。

幸運感到沮喪回應。「一切不過是為了狗幫好，就這樣！即使與我的直覺背道而馳。你也見到了刀鋒對待黛西的粗暴態度，幼犬們年幼不懂事。我知道小牢騷表現得很強悍，恬恬大膽又充滿自信，但他們畢竟還小。」幸運將目光望向一片黑暗，但是湖面又升起了一道迷霧。

「我能夠明白你看著他們離開時心裡的感受。」甜心輕聲說，「但是對方的艾爾帕聲稱是他們的母親，她應該不會傷害自己的孩子才是？」

幸運陷入沉默，想起狗母親在門廊前斷氣後僵硬的身軀，還有那隻斷了氣的幼犬頸部留有白色的齒印。**不論刀鋒是否為幼犬們的母親，她似乎下定決心照顧他們**。他明白這是件好事，但總覺得哪裡不對勁。爲何猛犬一開始會放任他們不管？還有那隻狗母親是怎麼喪命的？

「我不知道，甜心。」他只想到這些話。他要如何向她解釋他胃部翻攪，以及喉嚨出現的酸腐味？

「這麼說，你很快就要離開了？」甜心繼續說道，「我不介意……只是希望你離開前能夠先告知我一聲，讓我有機會向你道別。」

幸運感到惱怒，轉身面對她。「我說過要離開嗎？」

甜心細窄的臉龐在迷霧中若隱若現。「我只是以爲……既然幼犬們離開了，你沒有理由留下來了？」

「事情難道還不夠明顯？我之所以留下來，那是因爲我現在已經是隻加入狗幫的狗。難道我不足以向你證明這一點？我很驚訝你竟然會跑過來跟我說話。高高在上的貝塔怎會跟歐米茄搭上話？你是不是藉著天氣起霧之便，才不至於被其他同伴察覺？」

甜心嚇得睜大了眼。「別這樣，幸運。我無意冒犯你……」

他並未讓她把話說完。「但是你已經冒犯我了，甜心。你讓我聽起來像是個善變的傢伙。不願意對對任何事或是任何一隻狗做出承諾。」他的耳朵朝後豎起，這些字眼脫口而出，聽上去既苦澀又惱火。他想起小牢騷、恬恬與拉拉，內心不禁感到一陣失落。「我的所作所爲難道沒有表現出以狗幫利益爲考量的心意？即使這意味我得讓幼犬們離開狗幫？爲了狗幫，我費心做對的事，你卻沒有注意到！今晚我將睡在野地，爲了提醒你跟其他高高在上的狗我有多低賤，一無是處。雖然我知道其他無須受到處罰和受制於階級的謀生方式，我仍願意像隻融入狗幫生活的狗——因爲這正是我現在所過的生活。」

「我明白身爲歐米茄並不容易。」甜心的聲音和緩、溫柔。「但是規矩很重要，它能提供我們安全感。沒有了這些規矩，我們如何知道自己應該做些什麼，或是如何因應危機？」

幸運不敢相信自己耳朵所聽見的這番話。他嘆口氣。「艾爾帕訂定的這些規矩是否讓狗幫過得更好？噢，當食物不虞匱乏時，每隻狗依照規矩行事，狗幫的確運作的很好。但你瞧瞧猛犬出現之後，狗幫成了什麼模樣。儘管規矩沒變，狗幫卻崩潰四散、潰不成軍。」

甜心提高音量，怒氣終於爆發。「我就知道你遲早要背叛狗幫！」

幸運與甜心怒視著彼此。四周變得沉靜無聲，只有風在夜裡吹拂的咻咻聲響，蔓延一片的迷霧如灰塵揚起。幸運感到一陣絕望，背脊毛髮豎起。**我要向甜心證明我一旦身為狗幫的狗，將永遠不會改變！**

他開始思索要如何證明。

他默默離開前往山丘邊，掃視一片草原。微風在毛髮間穿梭，他看到了春天跟達特並行，巡視營地四周。不，不是他們……

他看見史奈普正狩獵完，準備返回狗幫，嘴裡叼著一隻虛軟的雪貂。

「史奈普！」他大聲叫喊。

這隻矮胖的狩獵犬在霧中瞇起眼，豎起耳朵。「歐米茄是你嗎？」

他走上前一步，站在山丘邊大喊。「城市佬歐米茄要挑戰狩獵犬史奈普！」

甜心站起身，細窄的臉龐掠過一絲驚訝。

幸運深呼吸一口。「你是否願意接受挑戰？」

史奈普鬆開嘴裡的雪貂，眼睛閃著光芒，她渾身挺直大聲回答：「我接受！」

幸運忍不住一陣震顫。**她肯定想要一雪前恥，報復前一場戰役——我利用詭計擊敗了她**。

等到幸運與甜心抵達山丘底，半數狗幫成員已經集結在草地上。月亮負責餵養北鼻與妞妞，費瑞在一旁看守，許多熟悉的臉龐穿過迷霧出現：麥基、布魯諾、春天與達特。就連瑪莎也在其中，黑暗中，一團黑影遠遠站在角落。

艾爾帕緩步而出，蹲坐在洞穴口。他保持緘默，卻朝甜心點點頭。

他贊成這場打鬥，幸運心想。**我敢說，這意味他認為我不會贏，但是我要證明給他看**。

甜心走近幸運，她的氣息吹拂過他耳朵上的毛髮。「你確定要這麼做？」

幸運轉過身，望向她的眼睛。「是的，貝塔，我願意。」

甜心接著向狗幫眾成員宣告，「歐米茄想要挑戰史奈普，向她宣戰。史奈普接受挑戰。如果歐米茄獲勝，將晉升至她的位置。如果史奈普獲勝，階級排列將不會有任何改變。」她退後一步。「願天犬祝福這場戰役！」她大喊。「願這場戰役公平競爭，結果令神靈之犬滿意。戰鬥結束，我們仍舊是狗幫的同伴。誓言保護狗幫！聽我的裁判……開打！」

史奈普立刻跳往幸運身上將他撞倒，下顎用力朝他的後腿一咬。他痛得喊出聲來，立刻抽身，史奈普向後一退，發出咆哮。他頸背高聳，準備向她迎戰，齜牙咧嘴。他試圖跳往她的身上，但史奈普動作迅速，倏地衝向他的身後，朝他的背上一跳，朝他的肩膀用力咬下去。

幸運發出嗥叫，猛力將她甩落地面。他用前腳將她壓制住，想要朝她裸露的腹部一咬，卻被她掙脫，只造成對方一點皮肉傷。她潛入霧中，消失好一會兒，幸運眨眨眼，如墜五里霧中。

霎時，她的聲音從幸運的背後傳來。「幹得好，城市佬！」

幸運猛衝向她，她卻跳向他的肚子下方，前腳攫住他的內側腿部，惡狠狠又咬了一口。他倆糾結成一團，彼此互相抓扒，叫囂，啃咬。

狗幫成員紛紛對兩隻打鬥中的狗發表意見。

「朝她的腹部攻擊！」麥基大喊。

「打倒他，史奈普。」懷恩高喊道，「他不過是歐米茄，快打敗他！」

史奈普朝後一退，氣喘吁吁。「再讓我咬傷你一次，你就死定了！」她大聲咆哮。

「話別說得太早。」幸運發出怒吼。「你的體型不到我的一半大。」

「但我的速度比你快上兩倍。」史奈普說完，再次潛入迷霧，消失無蹤。幸運發出咆哮，瞇起眼，只瞥見對方粗硬的毛髮化成的黑影。

「等著瞧！」幸運準備奮力一擊。**我必須贏得這場戰役！我不能繼續再當歐米茄。我必須證明我能夠成為一隻優秀的狗幫之犬！**

他衝向史奈普，假裝要朝她的粗短尾巴攻擊。最後，他倏地一轉，他張開嘴，準備朝她的頸部一咬。史奈普發出咆哮，衝向一旁，朝空中一躍，朝幸運的後腿一撲，將她的尖牙埋進他的腿，用力一咬。

幸運感覺一陣刺痛，發出嗥叫，鮮血立刻從傷口湧出。他發現史奈普仍不肯鬆口，緊咬不放。鮮血的氣味瀰漫在空氣中，引發眾狗興奮大喊。

迷霧從草地升起，竄入幸運的心裡，矇蔽了他的眼睛，遮蔽了他的視線。他的脈搏在太陽穴兩側撲通撲通跳，淹沒了群狗瘋狂亂吠的聲響。痛苦令幸運頭暈目眩，步履不穩，喉嚨感到一陣酸楚。

「夠了！」艾爾帕大聲咆哮。狼犬走向狗幫，迷霧環伺著他。「打鬥結束。史奈普沒有被對手擊敗。」

霎時，史奈普鬆開嘴，放開幸運，朝後一退。幸運的腿感到一陣猛烈的刺痛，史奈普鬆口後，傷口更顯疼痛。暈眩感暫時解除。幸運低頭舔舐傷口，試圖止住血流。

「你沒事吧？」麥基問。

「痛不痛？」貝拉接著問，試探性朝前一步。

「我沒事。」幸運回答，尾巴緊貼在身後。他只想要獨自靜一靜。艾爾帕已經離開，他希望其他狗幫成員也跟著散去。

史奈普走近他，搖擺著尾巴。「現在我們互不相欠。」她對幸運說，友善地舔舔他。所有敵意一筆勾銷。

幸運低頭，一瘸一拐越過狗幫成員。羞辱感比起傷口更加令他感到疼痛。

甜心跟著上前。「歐米茄，我有話對你說。」她喊道，她的尾巴搖擺，眼睛婉如小小月亮之犬發出的光芒。

幸運繼續往前走，甜心迎頭趕上。「你爲什麼要找我談？」他低聲說。「我依舊擺脫不掉歐米茄的包袱。」

「的確。」她回答。「你想要按照狗幫訂定的規矩尋求晉升，儘管你失敗了，卻沒有棄守自己的地位。你難道沒看出來嗎？這遠比你贏得挑戰的勝利意義更加重大。你效忠自己的狗幫！」甜心舔舔幸運的耳朵，他內心感到一陣暖意，燃起喜悅之情。接著，他想起漆黑之中幼犬的身影，回想起艾爾帕無情的臉龐，以及懷恩不懷好意的笑容。刺骨寒風呼嘯吹過草地，打鬥的激情也已消退，幸運感到一陣涼意朝他逼近。夜晚來臨，寒氣將更加冷冽。當狗幫所有成員睡在暖呼呼的洞穴內，他將獨自睡在冷颼颼的空曠地，專屬於歐米茄的地方。

幸運一瘸一拐朝向洞穴走近，無視於甜心不知所措站在後面。腿上的傷口令他想蜷縮起身子，但他仍持續前進。風將附近的樹葉吹得沙沙作響，吹拂過幸運身上的毛髮。他顫抖著來到洞穴入口。進入洞穴之前，他停下腳步，回頭向後張望。此時，白色的迷霧不見甜心的蹤影。

他再度陷入孤獨。

第二十一章

隔天清晨，幸運踩在煥然一新的草地上。雲霧消散，刺骨的寒風不再。太陽之犬在清朗的天空發出和煦的光芒。空氣清新宜人。昆蟲在雜草間發出嗡嗡聲響，在綻放的粉紅色小花朵上盤旋

幸運小心翼翼地伸展他的後腿，遭史奈普咬傷腿部的地方，仍隱隱作痛。今天早上得替艾爾帕與甜心收集濕潤的青苔，卻仍一無所獲。即便如此，經過一夜之後，最難以忍受的痛楚如迷霧般消失。他朝向溪水前進，大口喝水，乾渴的喉嚨獲得了滋潤。之後，他站在森林邊緣的樹蔭間，陽光在河水表面舞動。他站在林蔭間望著甜心、春天與達特分別走出洞穴，穿越草原。

森林傳來沉重的步伐，樹枝和落葉遭踩踏發出嘎吱聲響。幸運提起步

伐，轉過身，見到布魯諾。

「你今天覺得如何？」年長的大塊頭問。

「我很好。」幸運說，他暫時拋開對幼犬的思念。他們已經離開了，他必須接受這一點。

「艾爾帕要召開會議。」布魯諾說。「你來不來？」

幸運聽見枝椏間傳來鳥兒啁啾的聲響，轉過身，朝那個方向望。他突然出現想要到森林探險的衝動，沿著河水流過的路徑前進。

返回過去的舊日子吧，他對自己說。**我註定要過著獨行犬般的日子，自由、不受拘束……**

幸運甩甩身體，加入布魯諾的行列。他倆一塊兒走回草原。多數的狗都已經集結於此，以艾爾帕爲中心圍成一圈。他與布魯諾加入狗幫後，甜心毛髮光滑的頭朝幸運點頭示意。

艾爾帕已經開始發表談話。「荒野狗幫必須更有組織，我們跟猛犬彼此對峙的場面很糟，沒有任何一隻狗展現足夠的紀律或膽識，除了貝塔。」他望向甜心的方向。「還有貝拉，她在適當時機下達應有的命令。」

狗幫領袖鮮少出現讚美的言詞，貝拉突然間豎起了耳朵。

幸運望著眼前這一幕。他明白這無非意味艾爾帕對她倆的認可，然而他在面對猛犬時無法展現應有的行動形同失敗。幸運的目光在狼犬前腿上的疤痕上面游移。

艾爾帕繼續說：「貝塔下令狗幫就定位，但是所有成員卻慌亂成一團。」

布魯諾深感罪惡低下了頭。達特發出低聲哀鳴，四肢在地面抓扒。

艾爾帕抽動著耳朵。「此刻，我不想要談論過去的錯誤，只想要著眼於未來。我們必須更具有組織，面對威脅能夠更加積極應對。我希望看見狗幫的編制有負責發動攻擊的前鋒，還有負責防守的後方部隊。各自善盡職守，沒有任何藉口。」

「狗幫的成員也比從前增加。」甜心指出。「多數的狗能夠加以訓練。」

艾爾帕點點頭。「好主意。我們必須擁有絕佳的警示系統並整肅狗幫。這件事交給你全權處理。」

甜心點頭表達回應。

「另外我要提出一件事。」狼犬舉起腳掌說，「猛犬知道我們的形蹤才會找上門來。這一次他們只想要回幼犬，下回可能就沒有這麼幸運。」

「這話怎麼說，艾爾帕？」月亮問。

「我們要準備遷移至他處。」

「遷移？」春天驚呼。「可是我們才剛抵達！」

「這個營地再完美不過。」貝拉接著說，「狗幫在此也安置妥當。獵物豐碩。洞穴也提供我們遮風避雨的地方。」

「我們要去哪兒？」陽光小聲問。

「返回舊營地。」艾爾帕回答，「黑雲散去，營地應該安全無虞。」

狗幫頓時喧鬧聲四起。

「可是返回的路程十分遙遠。」陽光不禁發出哀嘆。「我們可是費了一番功夫才抵達這裡。」

「我們總不能老是遷徙，居無定所，應該尋覓一處永遠的居所。」懷恩附和。

「而且舊營地靠近狗花園。」麥基指提出疑問「我們怎麼知道舊營地是否安全？」

「舊營地能提供適切的保護。」艾爾帕說。「我們現在所處的位置是在一片草原間，簡直像是顯露的目標。任誰都能夠高踞在山丘上監視我們的舉動，對我們發動突襲，讓我們出其不意。」

「如果我們在松樹旁設置崗哨就不會有這樣的問題。」貝拉說。

黛西一陣發顫。「這意味留守的狗兒落了單，其他狗則聚集在山谷。這太危險了。」她的目光投向松樹叢。「如果留守的狗示警，將容易成爲對方率先下手的目標！」

懷恩與陽光發出低吠，一旁的達特也同聲附和。

「安靜！」艾爾帕發出咆哮，不耐煩跺起腳。衆狗陷入一片緘默。他低沉的聲音再度開口。「這地方十分危險，我們也都知道。儘管舊營地易引發天犬的怒火，且靠近猛犬，卻易於防守。不過還有另外一個可能。」他停頓下來，確保所有的狗都聽見他的談話。「我們可以朝反向前進，越過白色山脊。」

幸運見到其中幾隻狗明顯感到不安。就連甜心也感到驚訝，轉過身，仔細望著艾爾帕。

「巨毛怪怎麼辦？」布魯諾問。

「他根本不構成威脅。」艾爾帕回答道，「他之所以採取攻擊全是因爲幼犬的挑釁。」

「說不定他們有好幾隻。」月亮說。「數目衆多！甚至有一大群！」

「巨毛怪並非群聚的動物——至少就我所知，他們多半單獨行動。」

艾爾帕說這話時，意有所指地望向幸運。

幸運明白狼犬暗指的意思。**不管他怎麼想，我現在稱得上是隻狗幫的狗。**

幸運想像白色山脊的地形，山腳處崎嶇不平，草木不生，岩石分布多，地勢高聳。他想到這樣的地形對體型嬌小的狗像是懷恩與陽光來說肯定很吃力，甚至對北鼻跟妞妞這樣的幼犬更加艱難。但艾爾帕的考量不無道理，猛犬龐大的體型恐怕不適合攀登，不可能前往這麼遠的地方。

「我們尙未有機會好好見識越過白色山脊那片土地。」幸運說提出想法，「那裡的土地乾涸，應該不適合做爲新營地的地點。或許艾爾帕想的沒錯，我難以想像那地方會有其他狗在那裡生活。黛西，你比我們都靠近過那片土地。你的看法呢？」

衆狗的目光全都集中在這隻小狗身上，在她回答之前，就聽見陽光大聲嚷嚷道。狗幫成員轉過身去，看見她朝松樹叢的方向望去。她渾身僵硬，豎起耳朵。「我聞到了動物的氣味。」她說。

「是狗群嗎？」幸運的眼睛朝向山丘的方向望去。**陽光說得對！有動物正向著我們的方向而來**。他的胃部翻攪，走上前去，目光盯住松樹叢下方晃動的雜草。他看見一隻體型嬌小，深色毛皮的動物，根據體型大小應該不是成犬，立刻放寬了心。應該是某隻小動物吧。

「沒錯，是狗！」陽光回答，「不過只有一隻。」

麥基站在集結的眾狗邊，靠近松樹叢。「是隻幼犬！」他大喊。

狗幫成員大感不可思議望著一隻小狗從雜草叢中竄出，急忙奔下山，一路跌跌撞撞。

是恬恬！

幸運看見幼犬衝向集結的眾狗，胸口的心臟噗通噗通地跳。他望向群樹，怎麼不見恬恬的手足？爲什麼只有恬恬出現？

「她受了傷！」瑪莎大喊。

這隻深諳水性的大狗說得沒錯。幸運望著恬恬一瘸一拐奔向狗幫，內心一陣恐懼。她身上的毛皮有多處傷痕，幼犬身上甜甜的奶味，混雜著血漬的氣味。她顫抖著步伐，努力撐到最後，癱軟在麥基身上，他溫柔地舔舐著幼犬。瑪莎與幸運急忙奔向前。

艾爾帕睜著一雙蒼白的眼睛打量著眼前這一幕，他以異常溫柔的口吻詢問恬恬。「你怎麼滿身是傷？」

恬恬用力喘著氣，掙脫瑪莎、麥基與幸運溫暖的懷抱。她朝艾爾帕後退幾步，身上滿是咬痕與撕裂傷，卻仍壯膽向狼犬說明。

「是刀鋒下的毒手！」她說。「她在路上攻擊我們，嘴裡不斷嚷嚷著，『你們不是我真正的孩子！』」恬恬喘著氣，試著調整呼吸的頻率，小小的胸口劇烈起伏，渾身顫抖。儘管疲累，仍勉力擠出話來。「她殺死他！」她大聲咆哮。「她殺死拉拉。」

幸運幾乎喘不過氣。霎時，太陽之犬彷彿殞落，世界陷入一片黑暗，冰封。耳邊傳來恬恬的聲音，眼前卻一片黑暗。

他的雙頰最後恢復溫暖，接著才睜開眼睛。一旁的甜心舔舔他，「幸運，你沒事吧？」

他緩緩點點頭。

「猛犬殺死你的弟弟？」艾爾帕問。

「對。」恬恬發出啜泣。「刀鋒殺死了拉拉，後來她想要連小牢騷一併解決，但是他苦苦哀求。他承諾自己會成為真正的猛犬，贏得在狗幫的地位，成為她手下的一名大將。刀鋒果然相信他的承諾，而小牢騷似乎對於拉拉的死一點都不感到遺憾。」

艾爾帕低下頭，儘管依舊高過於她。「你又是怎麼脫逃成功？」

恬恬抬起頭望著他，睜大了眼。「刀鋒一把抓住我，開始朝我身上又抓又咬。接著，空氣突然間霧濛濛一片。前一刻，刀鋒還在攻擊我，下一刻，我便隱身了！白霧籠罩了一切，我開始想辦法脫逃。我不知道究竟是怎麼回事。」

「是霧。」艾爾帕說。

幸運回想起迷霧如何籠罩大地。他闔上眼，太陽之犬朝他眨眨眼睛，天空不見任何雲朵。他凝視著天空，心裡想著：**謝謝你，天犬，你聽見了我的祈禱，送出迷霧**。

恬恬嚥了嚥口水。「我聽見他們追捕我的聲音，他們很氣我逃走。我把腐葉和泥土抹在身上遮掩氣味——就像麥基教我的那樣。」她朝黑白犬投以感激的眼神，然後站上前一步。

「你表現得很勇敢。」他對她說。

「你們是我的狗幫。」她回答完，轉身面對幸運與艾爾帕。「我一直將你們視爲我的狗幫。我不是猛犬的一員，不想當一隻猛犬。這裡是我唯一所屬的地方，我願意不惜代價融入這個團體。」

幸運內心不免感到一絲驕傲，恬恬眞是一隻了不起的小狗——既忠誠又堅強。「你會收留她吧，艾爾帕？」

狼犬望著恬恬，接著黃色雙眼望向幸運。「你眞的相信這隻幼犬？」

「她會成爲狗幫的不可或缺的幫手。」幸運相信道，「她不會傷害狗幫的同伴。說不定哪天她將憑藉著勇氣與熱情保護大夥。不必因爲害怕而不願收留她。」他抬起頭，直視艾爾帕的目光。「我相信你也都看見了，不是嗎？」

幸運想要懇求艾爾帕讓恬恬留下來，甚至想要對他一番叫囂，逼迫狼犬同意，但是他克制住內心的衝動。他必須讓艾爾帕自己做決定。

他對我的恨意，足以將恬恬再次驅趕離開狗幫，只為了刁難我。

幸運環顧狗幫成員，看見他們凝望著恬恬的臉龐露出不捨之情。一切取決於艾爾帕的決定。

他們的領袖抬起頭，望向一片松樹。接著，他望向另一個方向，越過洞穴與一片森林之後，白色山脊的方向。

艾爾帕似乎做出決定，他再度開口說話。「我們現在必須動身出發，我們別無選擇，猛犬再過不久將前來獵殺恬恬。我們今天就要離開。」

「我可以留下來了？」恬恬小聲問，短尾巴充滿期待搖擺著。

「你可以留下來。」艾爾帕回答。「我們倒是要瞧瞧你是否眞如歐米茄拍胸脯保證的那樣優秀。狗幫需要忠誠的鬥士，勇敢且強壯。現在，你只需要好好養傷就行。我們得趕在太陽之犬落入湖面之前離開。」

布魯諾與陽光彼此交換眼神，懷恩則是渾身發顫。幸運明白對這些狗兒來說這將是一場艱難的旅程，但現在他們一籌莫展——艾爾帕已經做出了決定。瑪莎與麥基帶領恬恬離開，狗幫成員四散離去，爲了漫長的旅程預備好好休息，向這片曾經是他們短暫避風港的寧靜草原道別。

幸運渾身感到舒暢，恬恬可以留下來了。**我願意做任何事確保幼犬的安危**，他向自己承諾。**就算犧牲生命也在所不惜**。

艾爾帕的黃色眼睛幽暗不明。「把猛犬留在我們的身邊將是一場考驗，刀鋒肯定會再回來找她。」

「如果我們搶先離開。」幸運說。「加上狗幫融合拴鍊犬與荒野狗幫眾成員，各司其職。猛犬們只會聽從命令行事，思考受到侷限。」

艾爾帕伸展前腿，檢視上頭的疤痕。「他們得學到教訓才行。」

幸運甩甩身上的毛髮。「還有一點，我們有的是技巧與經驗。集結大夥的智慧肯定可以擊敗他們。智取與詭計是生存的不二法則。」

「希望你是對的，城市佬。」艾爾帕高傲地說。「不論我們身處何地，都必須搶先他們一步行動。」

幸運想起降下迷霧的天犬。「神靈之犬站在我們這邊，我十分確定。我們需要他們的庇佑，幫助我們完成漫長的旅程。世界出現劇變，長爪離去。也許，世界會恢復原有的樣貌，長爪們將重新返回。或者，再出現另一場大咆哮，改變世界的樣貌。但是此刻，我們只有一件事可做，馬不停蹄地繼續向前。」

幸運與艾爾帕望向眼前一片大地，他們經過漫長且艱難的路程才抵達這裡，現在他們將面對的是另一段旅程。至少，狗幫仍團結一致。恬恬也返回荒野狗幫的身邊。更值得慶賀的是，艾爾帕似乎接納了幸運。

這是個開始。

國家圖書館出版品預編目資料

狗勇士首部曲. 三, 黑暗降臨 / 艾琳・杭特 (Erin Hunter) 作 ; 盧相如譯. -- 二版. -- 臺中市 : 晨星, 2019.12
面 ;　公分. -- (Survivors ; 3) (狗勇士首部曲 ; 3)
譯自 : Survivors #3: Darkness Falls

ISBN 978-986-443-948-5 (平裝)

874.59　　108019574

狗勇士首部曲之三

黑暗降臨 DARKNESS FALLS

作者	艾琳・杭特（Erin Hunter）
譯者	盧相如
責任編輯	郭玟君、呂曉婕
校對	林儀涵、鄭乃瑄、呂曉婕
封面插圖	萬伯
封面設計	鐘文君
美術編輯	陳柔含、呂曉婕
創辦人	陳銘民
發行所	晨星出版有限公司 台中市407工業區30路1號 TEL：(04)23595820　FAX：(04)23550581 E-mail: service@morningstar.com.tw http://www.morningstar.com.tw 行政院新聞局局版台業字第2500號
法律顧問	甘龍強律師
承製	知己圖書股份有限公司　TEL：(04)23581803
初版	西元2014年06月30日
二版	西元2019年12月20日
郵政劃撥	22326758（晨星出版有限公司）
讀者服務專線	04-23595819#230
印刷	上好印刷股份有限公司

定價260元

（缺頁或破損的書，請寄回更換）

ISBN 978-986-443-948-5

狗勇士

親愛的大小朋友：

感謝您購買晨星出版蘋果文庫的書籍。即日起，凡填寫此回函並附上郵資55元（工本費）寄回晨星出版，就可以獲得精美好禮乙份！

打★號為必填項目

★購買的書是：狗勇士首部曲之三：黑暗降臨

★姓名：＿＿＿＿＿＿＿＿　★性別：□男 □女　★生日：西元＿＿＿＿年＿＿月＿＿日

★電話：＿＿＿＿＿＿＿＿　★e-mail：＿＿＿＿＿＿＿＿＿＿＿＿

★地址：□□□ ＿＿＿＿ 縣／市 ＿＿＿＿ 鄉／鎮／市／區

＿＿＿＿ 路／街 ＿＿ 段 ＿＿ 巷 ＿＿ 弄 ＿＿ 號 ＿＿ 樓／室

職業：□學生／就讀學校：＿＿＿＿＿＿　□老師／任教學校：＿＿＿＿＿＿

□服務　□製造　□科技　□軍公教　□金融　□傳播　□其他＿＿＿＿＿＿

怎麼知道這本書的呢？

□老師買的　□父母買的　□自己買的　□其他＿＿＿＿＿＿＿＿＿＿

希望晨星能出版哪些青少年書籍：（複選）

□奇幻冒險　□勵志故事　□幽默故事　□推理故事　□藝術人文

□中外經典名著　□自然科學與環境教育　□漫畫　□其他＿＿＿＿＿＿

你最喜歡哪隻狗勇士？為什麼？

填寫線上回函，立即獲得晨星網路書店 50 元購物金！

請黏貼
8 元郵票

407 台中市工業區30路1號
晨星出版有限公司
TEL：（04）23595820　FAX：（04）23550581
e-mail：service@morningstar.com.tw
http://www.morningstar.com.tw

請延虛線摺下裝訂，謝謝！

SURVIVORS 首部曲之 III
貓勇士
黑暗降臨

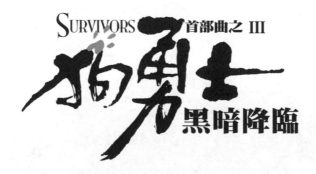